读水浒

押沙龙 著

陕西新华出版传媒集团
三秦出版社

果麦文化 出品

序

在我看来，中国的四大名著各有各的颜色。

《三国演义》的主题是权力和战争，就像一场宏大的战略游戏。它的颜色是黄色，帝王的颜色。《西游记》是蓝色的，因为它是一本幻想之书，洋溢着孩童般的自由想象。《红楼梦》则是红色与白色。红色是现实的万丈红尘，白色则是理想的永恒之境。它被困在现实之中，却坚守着理想主义的超越精神。就这一点而言，《红楼梦》在古典小说里是独一无二的。

而《水浒传》呢？它的颜色是红色与黑色。它就像丛林里的一把刀，劈开了黑暗中的一腔血。中国小说里，再没有谁像它这样残酷，又这样浓烈。

四大名著里，其他三本都对现实有所修饰。罗贯中对现实的修饰，是为了他的正统理念；吴承恩的修饰，是为了单纯的好玩；曹雪芹的修饰，则更多是由于不忍。我一直猜想《红楼梦》原本已经写完了，曹雪芹只是出于不忍之心，才把满目狼藉的后四十回隐掉了。

跟它们比起来,《水浒传》显得更加原生态。施耐庵生动细致地描写了种种暴行,比如武松血溅鸳鸯楼、李逵活剐黄文炳、杨雄怒杀潘巧云。写下这些血腥文字的时候,作者没有任何心理负担,也没什么道德批判。在他看来,这是世界的真相。至少在某些角落里,世界确实就是这个样子,刀光凛利,血污满面。所以,作者也就这么写下来了。

当然,施耐庵也给作品蒙上了一层薄薄的伦理薄纱,但是这些薄纱都经不起推敲,更像是作家为了讲故事而竖的一个幌子。

比如这本书曾被称为《忠义水浒传》,似乎它的核心价值是"忠义",但这些价值真的很不可靠。就拿"忠"来说,书里的人们真的忠于君主,或者忠于国家吗?宋江临死的时候,李逵建议他再次造反,他并没有说"我们要忠于大宋",而是说:"军马尽都没了,兄弟们又各分散,如何反得成?"造反也好,招安也好,都是基于很现实的利益考量。至于吴用,他甚至还建议大家背叛宋朝,投靠辽国。那么,他们的"忠"到底表现在哪里呢?

至于"义",书中确实有不少讲义气的人,比如说鲁智深对林冲,朱仝对雷横,都很仗义。但通观全书,更多的还是利害盘算,一地鸡毛。秦明全家都被宋江设计害死,妻子的头颅高高挂在城头上,他真的和宋江有情义吗?再比如扈三娘,她全家被李逵杀了个精光,自己被逼着嫁给了矮脚虎王英,她对梁山这帮人又能有多少义气呢?梁山好汉结拜的时候,念的誓词是:"若是各人存心不仁，削绝大义，万望天地行诛，神人共戮。万世不得人身，亿载永沉末劫！"这种刻毒的诅咒背后，到底是对"义"的信任呢，还是对"义"的不信任？整本书读下来，真的很难相信梁山是个讲义气的江湖乐土。

但是，这种主题价值的缺失不是作者的失败，反而是他的成功。按照施耐庵的本意，未必不想把故事往"忠义"的方向上去靠，但是他最终还是选择了忠于自我感受。他眼里的世界是什么样子，他就只能那样去写。就这样，他没能写出一本弘扬忠义的小说，而是写出了一本伟大的小说。

现代读者对此往往不太能理解。大家现在过于看重"人设"好不好、"三观"正不正，道德上很有警惕性。这么一来，读《水浒传》就很麻烦。有的读者觉得《水浒传》是经典名著，不敢去否定它，就只能忽略那些刺目的情节，刻意地去误读。他们一厢情愿地相信梁山好汉都在行侠仗义，豪气干云。其实在《水浒传》里，行侠仗义的事情极少见，更多反而是滥杀无辜。

我们可以看一下历来的《水浒传》电视剧。最早的版本还敢表现一些人物的凶悍残忍，可随着观众的道德感越来越强，电视剧的改动就越来越大。情节越来越柔和，人物越来越正义，但整个故事也越来越平庸。

还有一些读者比较老实。他们没办法逼自己误读，于是就走上了另外一个极端，认为《水浒传》是一本三观不正的垃圾书。

我能理解这种想法，但完全不赞成。文学是不可以这样解读的。作者当然可以有自己的道德判断，但是伟大的作者会和这种判断保持一定的距离。这样，他才可以用好奇的目光去审视这个世界。他要像体验善一样去体验恶，像体验光明一样去体验黑暗。他必须有强大的洞察力，同时心肠还不能太软。

最重要的是，他要忠于自我的感受，胜过世间的一切。

如果把施耐庵当作我们现实生活中的人，我估计不会喜欢他。但是作为一个作家，我对他充满了敬仰。《水浒传》展现给我们的，不是一个"正确的世界"，而是一个丰富多样的世界。你可以从不同的角度进入它，观察到世界不同的侧面。有善，有恶，也有善与恶之间的种种不得已；有光明，有黑暗，也有光明与黑暗之间的灰暗幽深。

伟大的文学，不是让你变得单纯，而是让你变得复杂。

而只有在认识到世界的复杂之后，我们的道德也才有真正的意义。

* * *

在不同的读者眼里，当然会有不同的《水浒传》。而在我的眼里，《水浒传》首先是一本关于人性的小说。书里面有各种各样的人物，宋江、武松、鲁智深、林冲……作者把他们放在非常极端的环境里，然后冷静地去描写他们的反应。写到最后，这本书就成了一个宏大的人性博物馆。这有点让我想起中学里见过的解剖青蛙。在电流的刺激下，青蛙发出种种悸动，最终暴露出生理的秘密。

作为一本小说，这样做确实是残酷的，但也是伟大的。

中国古典小说跟西方文学不一样，它很少有大篇幅的心理描写。人物的心理主要通过语言和行动来表现，而且语言和行动还不会写得太满，要有很大的"留白"。说起来，这有点符合海明威的"冰山理论"，很多东西是隐藏在文字之下的。

我举一个例子。晁盖和宋江的关系到后来有点紧张，作者不会直接说，晁盖和宋江两人不对付了！他只是安排很多细节来暗示这一点。比如说金毛犬段景住送给梁山一匹宝马，结果半路上被曾头市的人抢走了。这匹马并不是送给晁盖的，而是送给宋江的，因为"江湖上只闻及时雨大名"。这个时候，晁盖的反应非常激烈，破口大骂："这畜生怎敢如此无礼！"表面上看他骂的是曾头市，实际上呢，很难讲。

极少下山作战的晁盖，这次非要带兵打仗。宋江劝他别去，晁盖说："不是我要夺你的功劳！你下山多遍了，厮杀劳困。我今替你走一遭！"寨主和副寨主之间谈到"抢功劳"的话题，已经是一种强烈的暗示了。

晁盖在曾头市中箭身亡，临死前他又留下那个著名的遗嘱："若那个捉得射死我的，便叫他做梁山泊主。"这又是对二人关系的一种暗示。

除此之外，书中其实对此还有几处暗示，我就不一一列举了。

如果我们只看正面描写的文字，晁盖和宋江的关系始终非常好，情深义重，情同手足。只有把这些暗示聚拢来，我们才会看到隐藏在文字下面的东西。

那么，作者为什么要这样"留白"？为什么他不正面交代：晁盖和宋江关系恶化了！

从艺术创作的角度看，我们可以为此找出很多原因。但对于作者来说，可能有个最简单也最现实的理由：真实世界就是这样的。没有人能开启上帝视角，洞察别人的心理活动。也没有人会在你耳边提醒："看，晁盖和宋江有矛盾了。"你只能从对话和行动里自己去领悟。

这就给读者留下了巨大的解读空间，而这种解读需要一定的生活阅历，需要对人情世故的体会。我们在四十岁的时候读《水浒传》，和二十岁时候的感受完全不同。年轻时候，我们多半只会感受到快意恩仇、慷慨激昂。可是等我们在人生这个大染缸里浸泡多年以后，就会从《水浒传》里读出种种的无奈、挣扎、隐忍、妥协。几条猩红的血路，一地破碎的妄想，还有那消逝在风中的深深叹息。

* * *

这是一本解读《水浒传》的书，更准确地说，是一本解读《水浒传》人物的书。因为我对人的兴趣远远大于对事件本身的兴趣。

《水浒传》有一百零八将,其中大多数都不值得去仔细分析,事实上也没法分析,因为他们的形象太单薄了。毕竟人物如此众多,施耐庵纵然才大如海,也无法个个都顾得到,所以很多好汉都面目模糊。谁知道龚旺是什么性格?丁得孙又是什么性格?至于什么邹渊、邹润、孟康、侯健,也无非都是一些人名符号。施耐庵拿他们去凑齐一百零八这个数字而已。

所以,我只选了十几个最立体、最鲜活的人物。怎么取舍,当然也是有点困难的。宋江、吴用、林冲、武松,这些人物肯定要写,没有任何问题。但也有一些人物虽然有点意思,为他们专门写一篇似乎又犯不上。比如说柴进、戴宗、公孙胜、花荣,都是这种情况。写到后来,我一度有点犹豫,打算把最后一篇留给卢俊义。易中天老师看了我以前的几篇文章,建议我把卢俊义换成史进。后来我仔细想了一下,觉得很有道理。易老师对人物确实看得很准。卢俊义虽然位置重要,出场次数也多,但从本质上来说,他就是《水浒传》里的一个工具人。而史进却有强烈的个性,符合成长的逻辑,富于少年的魅力。所以,我选择了史进。从写作时间上来说,《史进:十八岁的少年血》就成了这本书的最后一篇。

这十几个人物,每个都有很独特的地方,我对他们也有不同的感受。当然,我是有偏好的。比如我最敬爱的是鲁智深,最同情的是林冲,最悲悯的是武松,最厌憎的是石秀,而最好奇的是宋江。对每个人物,我也都有自己的感情投射。就像写到朱仝的时候，我心情激荡，有一种巨大的悲伤感，觉得事情怎么会变成这个样子。

在我的眼里，他们都是有血有肉、活生生的人。我努力去理解他们的心理，推敲他们的行为，分析他们的性格，搞清楚他们何以会如此行事。

但是这里就牵涉到一个问题：施耐庵写《水浒传》的时候，真想那么多了吗？

我觉得没有。

我相信他是凭着直觉去写的。不过作为超一流的作家，施耐庵对世情和人心具有深刻的洞察力。所以他会本能地让人物这么说话，这么行事，让他们有自己的性格，自己的行为逻辑，至于为什么要这么写，他可能并没有仔细推敲过。

小说写作教程会告诉作家应该这么写、那么写，好像每一段话都应该有明确的意图，每一段情节都应该起到具体的作用。实际上，顶级作家不可能如此写作。如果每写一段话，都明确知道自己这么写的目的，那他最多是个二流作家。

我们解读的东西，往往是作者无意识的直觉产物。有时候，冰山理论不仅对读者成立，对作者也是成立的。解读者的任务，并不是还原作者的想法，而是尽可能地揭示这座冰山。

但是这并不意味着解读可以随心所欲。

有人在分析《红楼梦》《水浒传》这些经典小说的时候，特别热衷于阴谋论。他们喜欢脑补书中没有的情节，编造出一个个惊人的阴谋，好像越是骇人听闻，越能显得自己独具慧眼。在我看来，这种解读方式非常糟糕。经典小说有多重性，我们确实不能傻乎乎地相信书中的字面信息，但也不能像创作同人小说一样，天马行空，无中生有。

就像有人在"解读"晁盖之死的时候，就认为林冲受宋江指使，毒死了晁盖。因为书中说晁盖中箭后，"林冲叫取金枪药敷贴上，原来却是一枝药箭"。不久晁盖就死了。可见金枪药里大有问题，必定是林冲下的毒手。要按这种"解读"方式，我们可以随便脑补，可是，这样信口开河有什么意义呢？

还是要保持一份谦卑。解读不能脱离原著，也不能违背人情之常。在各种各样的解读里，最贴近文本、最符合常识的解读，往往也就是最好的。

解读不是猎奇。它是对文学的一种认知。而对文学的认知，也就是对世界与人心的认知。

* * *

最后，我要解释一下这本书里牵涉的《水浒传》版本问题。

《水浒传》有很多版本，但大致来说可以分成两个系统，一个是简本，一个是繁本。简本和繁本到底谁先谁后，学术界争论得很激烈，这里也不去管它了。总之，简本的文字比较粗糙质朴，更像是说书人使用的大纲。繁本的文字就比较生动细腻，很有文学性。我这本书是建立在繁本系统上的。

繁本也有很多不同的版本，其中最重要的有三个。

第一个是容与堂百回本，也叫《李卓吾先生批评忠义水浒传》，这个版本的文字可能是最接近原貌的。大家在书店里买的《水浒传》，一般都是拿它做的底本。我引用的《水浒传》文字，也是以这个版本为主。不过需要说明一下，容与堂百回本自称是李贽评点的，但到底是不是，学界是有争议的。很多人说这本书其实是一个叫叶昼的人评点的。李贽名气大，叶昼想多卖几本书，就假托了李贽的名字。不过即便是叶昼伪托，他肯定也仔细揣摩了李贽的思想和笔调，因为这本书的评点文字和李贽的文章非常像。为了简便起见，我在这本书里，还是把容与堂本的评点者认定为李贽。

第二个重要版本是金圣叹的七十回贯华堂本，也叫《金圣叹批评第五才子书》。七十回本写到梁山大聚义就结束了，没有招安的部分，更没有征辽国、征方腊的情节。金圣叹眼光独到，才气纵横，所以这个评点本影响非常大。但是金圣叹这个人有个毛病，就是不老实。他往往根据个人喜好，乱改原文，还非说市面上流行的都是"俗本"，他是按照"古本"改的。其实他哪里见过什么"古本"？就是自己动手改的。不过确实也得承认，金圣叹的有些地方改得还真是不错。

第三个重要的版本是袁无涯刊行的百二十回本，也叫《出像评点忠义水浒全传》。这个版本的重要性，是它比容与堂本多出了二十回。这二十回讲的是征田虎、征王庆的故事。我只在写燕青那一篇的时候,引用过这个版本的文字。百二十回本也自称是李贽评点的,但按学界的意见,多半也是伪托。所以我在提到这本书的时候,为了不和容与堂本混淆,就把它的评点者认为是袁无涯。

此外,在这本书里,我还提到过余象斗和王望如。他们是历史上比较有名的《水浒传》点评者,但他们使用的版本没有太大重要性,余象斗点评的甚至还是简本,这里就不多做介绍了。

目录

◎ **林冲**：中产阶级的岁月静好　　　　　　　　　　2

◎ **鲁智深**：世间最难得的东西，还是善良　　　　17

◎ **宋江**：奋斗了二十年，我才能和你坐在一起喝咖啡　　35

◎ **吴用**：缠绕在大树上的一根藤萝　　　　　　　58

◎ **晁盖**：权力的山峰上，没有下山的道路　　　　75

◎ **武松**：世界以痛吻我，我则报之以刀　　　　　95

◎ **李逵**：野兽有野兽的价值　　　　　　　　　　112

◎ **扈三娘**：梁山上的狗镇少女　　　　　　　　　　130

◎ **石秀**：让我来教你做个好男子　　　　　　　　　146

◎ **燕青**：一个浪子的成长　　　　　　　　　　　　166

◎ **史进**：十八岁的少年血　　　　　　　　　　　　184

◎ **雷横、朱仝**：我按着你也要报了这个恩！　　　　204

◎ **杨志**：人生的路啊，为什么越走越窄？　　　　　226

天雄星
豹子头林冲

豹子头林冲

林冲：中产阶级的岁月静好

一

读过《水浒传》的人，大多对林冲的印象比较好。有的说他是英雄，有的说他是暖男，以前网上甚至还有种说法，"嫁人当嫁林教头，交友当交林教头"。

林冲确实比较正派。他武功这么高，却不恃强凌弱，平时谈吐斯文，做事低调，有点像现在受过教育的中产阶级。放到梁山那个大环境里看，林冲肯定算是个好人。但是，你要是说嫁人该嫁给这样的人，交朋友该交这样的人，我不信。你要说他是暖男，我更不相信。

林冲一点都不暖。金圣叹评点《水浒传》的时候，说他是个"毒人"，做事太狠。这说得有点过了。林冲并不毒。他只是比较冷漠，对什么事情都不会特别执着。他就像是一个所谓"50%"的人，感情是50%，道德是50%，做事也是50%。

他有点小道德，但是也不怎么坚持；有点小追求，但也不怎么当真。

他能爱一个人，但爱得并不彻底；他也能对朋友好，但好得也很有限度。

他最关心的事情，就是轻轻松松地过安稳日子。只要日子安稳，其他事情能糊弄过去就糊弄过去。

在这个世界上，其实大部分人都是这样。林冲跟别人不一样的地方，就是武功高。如果撇开这一点，他非常像我们这些普通人。

二

用现在的话来说，林冲属于典型的中产阶层。他的父亲是提辖，岳父是教头，自己是"八十万禁军教头"。这个头衔听上去很拉风，好像八十万禁军都是他徒弟，其实就是个普通武官，地位说高不高，说低也不低。

林冲在单位里混得还可以，这主要是因为他专业水平好。陆虞候跟他喝酒的时候，就说："如今禁军中虽有几个教头，谁人及得兄长的本事？太尉又看承得好。"可见领导把林冲当成技术骨干，挺器重他。后来高太尉设计陷害他，派人请他到府里比刀，林冲也没有怀疑，当成一件很正常的事儿，这说明他跟领导平时就有来往，关系还不错。

林冲工作也很清闲。从书里看林冲似乎不用坐班，不用打卡。

"心里闷",就能随便窝在家里不出门。想喝酒了,巳时(早上九点到十一点)就能和陆虞候出去喝酒,工作量明显不饱和。

工作不忙,收入却不错。书上就说他受高太尉的"大请大受"。什么叫"大请大受"呢?就是指工资高,待遇高。这话说得不错,高太尉在经济上肯定没亏待他。林冲买把刀就花了一千贯,待遇不高怎么买得起?

体制内,领导器重,工作清闲,待遇又高。林冲就跟现在的中产阶层一样,觉得天下太平,岁月静好,也没太大的雄心壮志,只想这么一天天过下去。

谁知道出事了。

中产阶层就是这样。不出事的时候,整个世界看上去都很友善。可一旦出事,生活瞬间就会天塌地陷,友善的世界顿成幻象。他们会发现自己就像草芥一样,面对灾难毫无抵抗能力。

林冲出事,是因为高衙内看上了他媳妇。对一个男人来说,这当然是奇耻大辱。可林冲的态度呢,始终是息事宁人。高衙内第一次调戏林冲媳妇的时候,林冲扳过他来,伸拳就要打,可一看是高衙内,"先自手软了",站在那里,也不说话,只是"一双眼睁着瞅那高衙内",用凌厉的目光对他进行道德谴责。

这是第一次。第二次高衙内更过分,他把林冲媳妇骗进陆虞候家,霸王硬上弓,意图非礼。林冲急匆匆赶到现场,第一反应也不是踹门,而是"立在胡梯上叫"。这一叫,高衙内当然就跳窗逃跑了。

当然，林冲也不想表现得太窝囊，也想做出勇敢的姿态。所以他把气出在陆虞候身上，先是把他家打得稀烂，然后拿着一把"解腕尖刀"去找陆虞候。陆虞候躲进了太尉府，林冲又拿着刀，在太尉府门口堵了三天。

但这就是个姿态。他真想杀陆虞候吗？当然不想。真想杀陆虞候的话，就该不动声色地等着，找准机会，上去一刀攮死。武松杀潘金莲和西门庆的时候，就是这么干的。武松那是真想杀人。而林冲提把刀满世界转悠，其实就是告诉大家，也告诉自己：我很生气！我要杀人了！陆虞候你给我躲远点！

他要是真碰见陆虞候怎么办？估计也不会上去把他一刀捅了，多半还是戟指大骂："你这泼贼！我和你如兄若弟，你也来骗我！今番看你这厮却哪里走？"然后，等着别人拉架，或者等陆虞候逃走。

林冲这么做，其实也是人之常情。我们碰到这种情况，很可能也会做出同样的反应。如果毫无表示，先不说别人怎么想，自己心里这坎儿肯定就过不去。但真要杀人，以后的日子怎么办？想想实在又不敢。那最好的办法就是作势要打要杀，但又寻人不着。

所以，三天寻不着陆虞候，林冲就算是有了个台阶下。"每日与智深上街吃酒，把这件事都放慢了。"看着好像是有点窝囊，可是中产阶层的小人物多半也只能这么做。总不能真去杀人吧？

三

其实林冲还有另一个选择，那就是离开。

在《水浒传》的开头，出现过一个叫王进的人物，也是八十万禁军教头。他发现高太尉想找他的麻烦，马上就做了决断。当天晚上，王进就"收拾了行李、衣服、细软、银两"，带着老娘，离开了这块是非之地。

从事后看，王进的选择非常明智。如果林冲也这么干，他就不会被逼着上梁山，媳妇也不会自杀。天下之大，哪里不活人呢？但问题是林冲舍不得。他太留恋岁月静好的中产阶级生活了，不愿意颠沛流离，面对不可知的未来。所以，他选择留了下来，假装一切事情都没发生。

他告诉自己：事情过去了，风平浪静了。说着说着，自己可能也就信了。

这并不能说明林冲傻。如果换了我们，很可能也会这么选择。王进那种决断力，大部分人是没有的。他们多半会像林冲那样，选择不作为，然后盼着一切都往好的方向发展。

而且公平地说，林冲的想法也不是完全没道理。林冲好歹是个禁军教头，高衙内勾引他老婆，已经很过分了。勾引不成功就算了呗，还要去害人家丈夫，这就太不像话了。换了一般人，恐怕也会像林冲那样想：不至于吧？

高太尉在害林冲之前，也确实有过片刻的犹豫："如此，因为他浑家，怎地害他？！"心里也觉得过意不去。但是高太尉很快就说服了自己："总不能因为爱惜林冲，就送了我孩子的性命吧？"是非道理，高俅都懂，但问题是他不太在乎。说到底，林冲在他眼里就是个草芥。一株草，好端端地长在那里，没招谁没惹谁，我上去一脚踩死它，当然有点可惜。但归根结底这也不是什么大事。谁让你是一株草呢？忍着点儿吧。

于是，林冲被骗入白虎节堂，脊杖二十，刺配沧州。中产阶级的岁月静好一下子被打得粉碎。

出发前，林冲给了妻子一份休书，意思是你不要等我了，找个人嫁了算了。对林冲这个举动，存在着不同的解释。

有的说：看，林冲是暖男，怕自己耽误媳妇一辈子。这是为媳妇打算。

有的说：看，林冲是个胆小鬼。他怕不离婚，高衙内还会找他麻烦。这是为自己打算。

其实站在林冲的角度考虑，这两个因素可能都有。对自己来说，一旦离婚，就不再是高衙内的打击目标，这是保身之举。对妻子来说，离婚后"有好头脑，自行招嫁"，也不耽误青春。那么"好头脑"是谁呢？金圣叹有批语说："好头脑"就是高衙内。林冲的意思，就是让妻子嫁给高衙内算了，但怕伤了对方的心，所以只能含糊地说。

金圣叹说得有道理。高衙内能害林冲，当然也能害林夫人的新丈夫。林夫人嫁给谁都不安全，除非嫁给高衙内，而且嫁给高衙内，当个阔太太，也不见得就不幸福。嫁就嫁了吧。爱情不要就不要了吧。

林冲的安排就是这个样子。他向现实彻底低了头。

四

但是林太太不同意林冲的安排，坚决要等丈夫回来。这样一来，林冲还是要接着倒霉。高太尉他们收买了董超、薛霸两个解差，要在野猪林整死林冲。

林冲表现得很乖，一副逆来顺受的样子，两个差人怎么欺负他都不顶嘴。人家要捆他，他就老老实实让人家捆。最后董超、薛霸拿起棍子来要打死他，他也是泪如雨下地哀求人家："我与你二位往日无仇，近日无冤。你二位如何救得小人，生死不忘！"在《水浒传》的后半段，卢俊义也遇到过同样的情况。要害他的人也是董超、薛霸这俩货。但卢俊义跟林冲不一样，他知道，到这时候说什么都没用，只是"低头受死"，没有像林冲这样卑微地求饶。

但求饶有什么用？最后还是鲁智深神兵天降，救了林冲一命。这个时候，林冲又面临一个抉择：下一步怎么办？按理说，经过野猪林之后，林冲应该明白一件事：对方就是要赶尽杀绝，自己是没有活路的。高太尉能安排人在路上杀他，当然也就能安排人在沧州杀他。这是很简单的道理。他最理性的选择就是跟鲁智深走。

但是林冲舍不得。岁月静好的中产生活虽然没有了,可他还是想当良民,过安稳日子。所以,能骗自己就骗自己。林冲假装想不明白这个道理,老老实实地去了沧州当犯人。

而且在去沧州的路上,他还说了一句特别奇怪的话。

董超、薛霸想套出鲁智深的身份,问他:"不敢拜问师父,在那个寺里住持?"鲁智深很鸡贼,说:"你两个撮鸟问俺住处做甚么?莫不去教高俅做甚么奈何洒家?"他没上当。

可是等鲁智深走了,林冲聊天的时候替他说出来了:"相国寺一株柳树,连根也拔将起来。"一下子就把鲁智深给定位了。

林冲为什么说这话?有人说这是向高太尉示好,我觉得过于诛心了,而且也不合情理。这有什么可"示好"呢?多半还是一时口滑,脑子没多想就说出来了。但就算是口滑,也说明了一件事:林冲对鲁智深的安全并没有特别挂在心上。林冲是个心思很重的人,做事谨慎。这事要是放到他自己身上,林冲绝不会口滑的。

鲁智深对林冲一百个好,林冲对鲁智深呢,最多也就五十个好,所以我说他是"50%"的人。

我们可以设想一下,如果倒霉的是鲁智深,林冲会跑到野猪林里杀解差救他吗?不可能的。他多半也就是提着食盒,拿点银两,给鲁智深送行,"洒泪而别"。交朋友交林冲这样的,其实挺没意思的。

所以《水浒传》写到后面,鲁智深和林冲的关系就变得生分了。以前鲁智深口口声声喊他"兄弟",后来两人再次碰面,鲁智深怎么称呼林冲呢?"教头!"在梁山上,鲁智深和武松形影不离,和林冲却很少互动。鲁智深临终之际,守在他身边的也是武松,而不是林冲。《水浒传》开头浓墨重彩渲染的一段友谊,最后居然这样不了了之。

要推究起原因来,也许跟林冲那次"口滑"有关。鲁智深看似莽撞,但并不是傻子,很可能猜到了是怎么回事。但更重要的是,他们俩并非一类人。鲁智深是个热情似火之人,而林冲就像一杯温暾水。两个人能处在一起,无非是因缘际会的巧合,时间一长也就渐行渐远了。

五

林冲到了沧州以后,继续奉行鸵鸟政策,假装太平无事,盼着高太尉工作一忙,把自己给忘了。可是,人家并没忘了他。很快,酒保李小二就跑来向他报告,说陆虞候到这里来过,和沧州的管营、差拨交头接耳,一会儿说"高太尉",一会儿说"好歹要结果了他"。

面对这么清晰的报警,林冲又是什么反应呢?还是当年那一套。林冲大怒,拿着"解腕尖刀"寻陆虞候,寻了三五日没寻着,就拉倒了,"也自心下慢了"。

这听上去好像太愚蠢了。但实际上,这不是智力问题,而是心理问题。哪怕李逵摊上这样的事情，也能猜到大事不妙，何况林冲呢。说到底，林冲在内心深处，就是不愿意直面这件事。一旦直面，就没有退路了。所以，林冲还是给自己找台阶下："我找陆虞候了呀！我找了三五天都没找到。也许搞错了吧！"林冲对"安稳日子"实在太眷恋了，只要还有一丝一毫骗自己的余地，他就会骗下去。

但是骗自己也没用，该来的还是要来。

最后林冲被逼上了绝路。这是《水浒传》中极为经典的一个段落。纷飞的大雪之下，草料场在熊熊燃烧。山神庙内，是手持花枪的林冲；山神庙外，是三个要谋害他的人。这个时候，狰狞的现实暴露无遗，再没有一点侥幸的余地了。林冲退无可退，避无可避，只能挺枪而出，迎接自己的命运。他第一次施展武功，杀了陆虞候他们三个人。

林冲的表现非常凶狠，杀了还不算，还要把陆虞候的心剜出来。剜出心来还不算，还要把三个仇人的头割下来，头发结在一起，挽在手里。原来那个温文尔雅的林教头消失了，如今站在大雪之中的是狂暴的复仇者。

"风雪山神庙"这段情节很像武松的"大闹飞云浦、血溅鸳鸯楼"。武松也是被逼到了绝路上，开始一路狂杀。

在此之前，武松也杀过人，可没有滥杀。他杀的都是伤害过自己的人。"大闹飞云浦"之后，他站在桥头，踌躇了片刻，然后，开始无差别地杀人。在鸳鸯楼，他杀了十五个人，其中有十二个人是无辜的。在蜈蚣岭，武松更过分。人家道童没招他没惹他，他为了"试刀"，冲过去就把道童脑袋砍下来了。

"大闹飞云浦"之前，武松绝对干不出这样的事来。在桥头上的瞬间"踌躇"，就是武松的黑化时刻。

武松在江湖底层混迹得太久，见惯了黑暗的事情，心肠本就比林冲要硬，所以一旦爆发就格外的残酷。相比之下，林冲毕竟有中产阶层的底子，性格要温和得多。他的"山神庙时刻"就是武松的"飞云浦时刻"。压抑太久的愤懑瞬间爆发，杀人，剜心，割人头。但是他没有像武松那样滥杀无辜，多少还是守住了一点道德底线。

刚开始逃亡的时候，他的脾气确实变坏了，行为很粗野。他跑到人家草屋里烤火，烤着烤着就非要喝人家的酒。人家不给，林冲拿起花枪，把点着的柴火往人脸上一挑，老庄客的胡子都烧着了。其他人跳起来阻止，林冲抡起枪杆一通打，把他们都打跑了。林冲说："都走了！老爷快活吃酒！"以前林冲怎么可能自称"老爷"呢？这哪里还是禁军教头，分明是流氓的口吻。

这说明林冲失控了。但是林冲再失控，也还有底线。他没有像武松那样，一枪戳死人家。他拿起花枪，还知道只能用枪杆，不能用枪尖。而且事情过去以后，他很快就清醒过来，气儿也消了，又变回低调温和的样子。

哪怕在他生命中最黑暗的时刻，林冲也没有彻底沦陷。这是他比武松正派厚道的地方。

但是林冲对自己的道德底线守得也很勉强。他后来走投无路，只能去梁山泊入伙。首领王伦不太想要他，非要让他交纳"投名状"，就是下山杀个人。鲁智深要是碰到这种要求，可能当时就破口大骂了。但是林冲连犹豫都没犹豫，一口答应下来："这事也不难，林冲便下山去等。"然后，提着朴刀就下山了，一门心思要杀个过路人。

林冲有道德底线。但这就像他的爱情或者友情一样，说有肯定有，但不会太浓烈、太执着。有这个东西当然好，但如果妨碍他过安稳日子，那就算了。

林冲不光对道德不执着，对仇恨也不执着。

林冲最大的仇人就是高太尉。他害得自己家破人亡，媳妇都上吊了。这种仇恨应该是刻骨铭心的。可是后来高太尉被捉上梁山过，林冲见了他，是什么反应呢？"怒目而视，有欲要发作之色。"就像他当年对待高衙内一样，用愤怒的目光对敌人进行严厉批判。然后呢，"欲要发作"，但是没有发作。表情狰狞了一下，就没了下文。

《水浒传》拍成电视剧的时候，不是这么演的。导演觉得仇人相见，肯定分外眼红，一定会有个大冲突。为了把故事编下去，他特意安排了一下剧情。宋江把林冲隔离开，不让他见高太尉。事后高太尉下山，林冲扑了个空，气得要吐血。

导演这就是想多了，林冲根本不是那样的人。原著的描写是对的。他见了高太尉，只会"怒目而视，有欲要发作之色"，这是在表示：我很生气！这就像他拿了"解腕尖刀"去太尉府门口寻陆虞候一样，是个姿态，做给别人看，也做给自己看，如此而已。拉拢高太尉以求招安，这是宋江定下来的方针路线，是梁山的政治纲领。林冲如果跑上去喊打喊杀，怎么跟宋江交代？梁山是他唯一的栖身之所，除此再无退路，按照林冲的性格，他不会去冒这个险。所以他只能"怒目而视"，用目光表示一下自己的立场。

他当然恨高太尉。但是这种仇恨，就像林冲这个人一样，也就是50%的浓度。他爱也不会爱得太热烈，恨也不会恨得太决绝。心头再千回百转，最后也不过是暗夜里的一声长叹：唉，算了吧！

林冲后来写了一首诗：

> 仗义是林冲，为人最朴忠。江湖驰闻望，慷慨聚英雄。
> 身世悲浮梗，功名类转蓬。他年若得志，威镇泰山东。

这首诗只能说明一件事，那就是林冲根本就没搞明白自己是个什么人。

他仗义吗？可能有点儿。朴实吗？好像也有点儿。忠诚吗？说不定也有点儿。但也就是有点儿而已。至于"英雄""威镇"，那是一点影子都没有的。林冲并不想当英雄，也不想威镇什么地方。他就想找个安稳地方，过个安稳日子，吃喝不愁，受人尊重，有份工作干，有份薪水拿。

很中产阶级的一份梦想。

六

我这么说,并不是想指责林冲,说他尿,说他窝囊。

事实上,林冲就是无数普通人的影子。他们有道德,心眼不坏,对人厚道,也有爱别人的能力。但是面对压力的时候,他们可以一步步后退。只要能安安稳稳地过日子,他们会把自己珍贵的东西一点点都舍弃掉。这个世界只要不把刀架到他脖子上,他就会假装岁月静好。

至于刀会不会架到他脖子上,那就是碰运气的事情了。

王进不是这样。世界刚刚向他露出一点刀的寒光时,他就断然选择了逃亡。而林冲则是默默地等着,假装一切正常,能拖就拖,能骗自己就骗自己,眼睁睁看着对面的刀慢慢出了鞘,慢慢伸了过来,慢慢架到了脖子上。

直到这个时候,他的第一反应还是哀求:如何救得小人,生死不忘!

刀的回答是:说什么闲话?

天孤星
花和尚魯智深

花和尚魯智深

鲁智深：世间最难得的东西，还是善良

一

在《水浒传》人物里，鲁智深的心地可能是最光明的。他胸怀洒脱，行事自然，天性中的那份善良如明星朗月，给《水浒传》中的黑暗世界带来一丝光亮。

历代评论者几乎众口一词，对鲁智深的评价都很高。我看到过的唯一例外可能就是吴闲云先生了。吴先生对鲁智深的解读真是有点匪夷所思。在他看来，鲁智深干什么都是有脏心眼，救金翠莲是看上人家了，打死镇关西后逃亡是尾随金翠莲，住到赵员外家则是赖上人家了。

这哪里还是鲁提辖，分明就是个胖大版的西门庆加应伯爵。

其实这种猜测真是没什么道理，感觉就是想做个翻案文章，恶心一下鲁智深，让读者大吃一惊：原来鲁智深竟是这样的人？！

鲁智深当然不是这样的人。

我们解读经典小说，当然可以有自己的看法。但无论什么看法，最终还是要落回到小说文本，不能脑补太多，更不能无限发挥。

我们就说"三拳打死镇关西"那段吧。鲁智深听说金翠莲的事儿以后，怒不可遏，马上决定出手相救。这当然不是因为他看上人家金姑娘了。这种猜测真是一点根据都没有。你要说他看上林冲了，都比这靠谱。那么鲁智深为什么如此生气呢？

现在网上有种说法，认为鲁智深打死镇关西，并不是要为金翠莲出头，而是生气一个屠夫居然起这么霸气的绰号："洒家始投老种经略相公，做到关西五路廉访使，也不枉了叫做镇关西！你是个卖肉的操刀屠户，狗一般的人，也叫做镇关西！"

看我用拳拳打死你！

其实只要仔细读一下原文，就能明白这个说法不对。金翠莲诉完苦情以后，鲁智深第一句话就是问："你姓甚么？在那个客店里歇？那个镇关西郑大官人在那里住？"

要注意，这时鲁智深并不知道镇关西是谁，可他已经决定要管这件事了，否则他也不会出口就问双方的住址。再说了，如果鲁智深就是见不得一个杀猪的叫"镇关西"，那打上门去就是了，又何必费这么大劲儿，先安排金翠莲逃走呢？

说到底，鲁智深就是见不得这种欺负女人的事儿。

他对弱者有一种天生的同情。就像后来鲁智深路过桃花庄，救刘太公的女儿，也没想那么多，碰见就动手。所以说，这不是

"镇关西"不"镇关西"的事儿。郑屠哪怕外号不叫镇关西,改叫"老种经略门下走狗",照样逃不了一顿打。

在这方面,鲁智深确实让人产生一种深深的敬意。金圣叹有段评论就说得很好:"写鲁达为人处,一片热血直喷出来,令人读之深愧虚生世上,不曾为人出力。"世上确实有这种热血之人,他们就如唐诗里说的,"野夫怒见不平处,磨损胸中万古刀",我们不能用小人之心去揣度人家。

二

不过这里面还是有一个问题:鲁智深为什么不调查一下呢?

金翠莲说:"此间有个财主,叫做镇关西郑大官人,因见奴家,便使强媒硬保,要奴作妾。谁想写了三千贯文书,虚钱实契,要了奴家身体。未及三个月,他家大娘子好生利害,将奴赶打出来,不容完聚,着落店主人家,追要原典身钱三千贯。"

按照她的说法,镇关西骗了色不算,还要诈财,欺负人算是欺负到家了。金翠莲未必是在撒谎。《水浒传》描写的社会,本来就是司法黑暗,弱肉强食。一个本地恶霸欺负两个无依无靠的外地人,确实也很有可能。不过这毕竟是金翠莲的一面之词。她说郑屠"虚钱实契",就真的"虚钱实契"了?不管怎么样,至少也得听听郑屠怎么说吧?

说不定故事的版本就不一样了呢。

可鲁智深一听就信，并没有做调查。这一点就跟洪七公不一样。都是路见不平行侠仗义，洪七公就谨慎得多："老叫化一生杀过二百三十一人，这二百三十一人个个都是恶徒，若非贪官污吏、土豪恶霸，就是大奸巨恶、负义薄幸之辈。我们丐帮查得清清楚楚，证据确实，一人查过，二人再查，决无冤枉，老叫化这才杀他。"

郑屠的命不好，碰上了鲁智深。要是活在《射雕英雄传》里头，死之前至少还要走个流程。今天来个要饭的打听金翠莲的事儿，明天又来个要饭的落实金翠莲的事儿，说不定就能引起郑屠的警惕。等洪七公过来要切十斤精肉臊子，郑屠就不忙切肉，赶紧上前解释解释，说不定就能逃过一劫。

可鲁智深不是洪七公。他是火暴脾气，根本不做调查，上来就找碴儿，存心要打郑屠一顿。

在金翠莲眼里，镇关西简直是黑恶势力的代表，终极反派大boss一样的存在。可真碰见鲁智深这样的正经提辖，他就是卖肉的郑屠。郑屠本来姿态就放得很低，鲁智深再来个"奉着经略相公钧旨"，代表首长前来要肉，他更是卑微到了尘埃里。鲁智深让他亲自动手，把肉细细剁成臊子，他就老老实实剁臊子；让剁瘦肉就剁瘦肉，让剁肥肉就剁肥肉。二十斤肉，生生剁了一上午。

郑屠并不知道前因后果，他就是单纯地害怕官府，尊敬提辖。但鲁智深既然想找碴，总能找到碴打他一顿。打的时候，鲁智深还两头堵。郑屠说"打得好！"鲁智深说你居然还敢嘴硬，我要接着打；郑屠求饶，鲁智深说你要硬到底我就不打了，现在反而更要打。然后就打死了。

这让鲁智深也吃了一惊。他并没有想打死郑屠，只是想替金翠莲出口气。

那么郑屠有没有机会活命呢？其实也有。

郑屠刚开始不明白怎么回事。但鲁智深打第一拳的时候，把事儿挑明了："你如何强骗了金翠莲？"这个时候，郑屠要是马上抓住机会，喊道："万万没有此事！提辖你吃人骗了！"哪怕撒谎，也编出一套儿词来，那么鲁智深肯定会住手。

顶嘴没用，求饶也没用，你得跟他讲道理。

我这么说，是有根据的。在瓦罐寺的时候，鲁智深就曾被别人的道理说服，当场住手。

当时，几个老和尚对他说：有两个坏蛋霸占了寺庙，赶走了众僧，让我们没饭吃。鲁智深一听就信，转头找那两个坏蛋算账。这两个坏蛋正和一个女人坐在那儿喝酒。鲁智深闯进去，提起禅杖就想打。瓦罐寺的坏蛋比郑屠聪明，赶紧抓住机会辩解：不是这样的。是那几个老和尚吃酒撒泼，将钱养女，赶走了长老，我们是来庙里整顿纪律，主持正义的。

那身边的这个女人怎么回事呢？他们也有一套解释：这位女施主家里有困难，到寺里来借米，我们招待一下而已，光明磊落，毫无邪念，你千万不要多想。

鲁智深一听就住手了，反过头来又找老和尚质问。老和尚说：他们吃酒吃肉，我们粥也没得吃，你想想谁是坏蛋？鲁智深觉得有道理，这才拿着禅杖又打回去了。

鲁智深不是不讲理的人，他能被道理说服。

他只是没有反省的能力，没有自我怀疑的能力。他心里怎么想，就怎么做，做事凭直觉。

三

心里怎么想，就怎么做，这种人写到书里挺可爱。可在现实生活中，要是碰到这样的人，有时候也挺难堪的。

鲁智深刚出场的时候，就把打虎将李忠弄得非常难堪。

当时，鲁智深遇到了史进。两个人非常投缘，一见如故。鲁智深说话也很客气："你莫不是史家村甚么九纹龙史大郎？""闻名不如见面，见面胜似闻名！"说着说着，就约着一起喝酒。鲁智深走路时还特意要"挽了史进的手"，一副很亲密的样子。光看这段，鲁智深这个人的性格好像挺随和，一见面就跟人这么亲热。

但是画风很快就变了。鲁智深显得随和，只是因为他瞧史进瞧得顺眼。对看不上的人，他完全是另一个样子。

他们俩在路上遇到李忠。李忠是史进的开手师父，正在那里耍枪棒，卖膏药。既然碰见了，就一块儿喝酒去吧。但是李忠舍不得马上走,说:"待小子卖了膏药,讨了回钱,一同和提辖去。"

鲁智深马上就变脸了:"谁奈烦等你!"你去就去,不去,滚!从这一刻起,鲁智深就开始瞧不上李忠了。

李忠还是舍不得丢下生意,磨磨蹭蹭地不肯走。鲁智深干脆就把看客一把推开:"这厮们夹着屁眼撒开!不去的洒家便打!"

太不开面了。

但更难堪的还在后面。三人喝酒的时候,正好遇到金翠莲在隔壁哭。鲁智深问明情况,就要拿银子给金翠莲。一摸,身边只有五两来银子,鲁智深就让他们俩也借点。史进有钱,给了十两银子。李忠摸来摸去,摸出二两来银子。

说起来,李忠做得也还可以了。你不能拿他跟少庄主史进比。一个打把式卖膏药的,跟你刚见第一面,就掏出二两来银子,还少吗?李忠心里头可能已经在滴血了。

鲁智深倒好,看看才二两,就"丢还了李忠",还要损人家一句:"也是个不爽利的人!"

你想想那个场景有多尴尬。

比方说你是个蓝领工人,莫名其妙地结识了一个壮汉。这个壮汉还特豪爽,酒桌上喝着喝着,就拍着胸脯说要资助山区的失学儿童,说完了指着你,让你也掏俩钱。你一个月工资可能就两千五,但为了面子,一咬牙掏出一千块钱来。谁知道这个壮汉抖抖这一千块钱,一把给你扔回来了,"看你那小气样儿!"

太尴尬了。

而且不光李忠尴尬,史进也尴尬。李忠好歹是自己的开蒙师父,在酒桌上被鲁智深这么羞辱,史进看了心里头肯定不舒服。你把师父招呼过来喝酒,难道就是为了让对面的壮汉羞辱他吗?

李忠尴尬,史进尴尬,只有鲁智深不尴尬。他从来不知道啥叫"尴尬"。

因为他心里怎么想,就怎么做,很少考虑别人的感受。

四

心里怎么想,就怎么做的人,在《水浒传》里还有一个,那就是李逵。李逵比鲁智深更没有机心,做事全凭本能。

李贽特别欣赏李逵,觉得他特别天真,为善为恶都不假思索,所以是"梁山泊第一尊活佛"。李逵确实天真,但他是个天真的野兽。就拿杀人来说,宋江杀人是为了野心,董平杀人是为了美女,孙二娘杀人是为了省包子馅。但李逵什么都不为,纯粹为了杀人而杀人,从杀人里他能体会到巨大的快感。这是一种原始的兽性。别看李贽拼命称赞李逵,真要往他书斋里放一头李逵,让他见识见识梁山活佛的手段,李贽就不会这么耍贫嘴了。

所以说,光有"真"是不够的,关键在于那是一种什么样的"真"。鲁智深跟李逵最大的不同,就在于他本性善良,而善良才是真诚的根基。

关于这一点,我可以举一个细节。还是在瓦罐寺,鲁智深已经饿得头昏眼花。寺里的老和尚煮了粥,却藏起来不给他喝。鲁智深发现了,抢人家的粥吃。抢粥当然不好,但是下面有个转折。鲁智深刚吃了几口,老和尚说:"我等端的三日没饭吃,却才去村里抄化得这些粟米,胡乱熬些粥吃,你又吃我们的!"鲁智深听了这话,就撇下不吃了。

金圣叹读到此处,随手点评道:"实是智深不喜吃粥,非哀老和尚数言也。"金圣叹这个人才子心性,骨子里毕竟是凉薄的,所以才会卖弄这种俏皮话。其实很明显,鲁智深就是可怜这些老和尚。人家说自己三天没吃饭,他再饿也拉不下脸来抢粥吃。这是他天性善良之处。换上其他的好汉,我管你老和尚饿不饿,我先吃饱了再说。

要真说起来,鲁智深做的事,有时候也挺混蛋的。

比如他羞辱李忠,就挺混蛋的。

在瓦罐寺抢人家的粥喝,挺混蛋的。

在五台山,他把卖酒的一脚踢翻,抢人家的酒喝,也挺混蛋的。

一个人没有自省能力,完全凭直觉做事,而自身力量偏偏又这么强大,那他多少会干出点混蛋的事儿来。但本性里的那份善良,形成了一道底线,让鲁智深再怎么也不会太过分。所以,他才会一听老和尚的话,就放下粥不吃。

他会不假思索地帮助别人。要说动机也没什么动机,就是单纯的看不过眼。就拿金翠莲这件事来说,要是武松碰到了,理都不会理;林冲碰到了,最多叹口气,掏出几两银子帮衬一下;宋江碰到了,会先掂量掂量金老汉有没有帮的价值。只有鲁智深,会气得连晚饭都吃不下。

鲁智深本来大大咧咧的,可一旦帮助别人,心就会变得特别细,生怕出意外。比如他安排金翠莲父女逃跑的时候,生怕店小二拦截,就在客店门口找了个凳子坐下,一坐就是四个小时,非常有耐心。一直估摸着金翠莲跑远了,他这才起身去找镇关西算账。

他在桃花村救刘太公姑娘的时候,也同样处理得滴水不漏。鲁智深专门带着刘太公去见小霸王周通,当面锣对面鼓,说了一通入情入理的话,把金子、缎匹这些彩礼还了回去。周通也表示再不登门。但鲁智深还不放心,又特意拿话挤周通:"大丈夫作事,却休要翻悔!"周通没办法,只能"折箭为誓"。鲁智深这才让刘太公回去。

这就是善良啊。

(写到这儿,五台山上卖酒的那汉子插话说:其实我觉得吧……

众读者一起捂住他的嘴:你那一脚是小事儿,过去就过去了。)

鲁智深的善良是如此的鲜明,就算是跟他不对付的人,也能感知到。李忠就跟鲁智深不太对付,主要是鲁智深死活瞧不上他。俩人第一次见面,鲁智深就羞辱他,说他"也是个不爽利的人",把他弄了个大红脸。第二次见面,李忠把他请到桃花山,好吃好喝地招待,鲁智深还是嫌他小气,居然卷了金银酒器,偷偷跑了。

这关系算是很僵了。

可等桃花山真出了事，李忠第一个想去求救的人，还是鲁智深。

周通表示怀疑：咱们和鲁智深有过节，他肯来帮咱们吗？

李忠笑了，说：他是个直性的好人，一定会来的！

李忠看人看得很准，鲁智深果然来救他了。

五台山长老智真也本能地察觉到了这一点。

鲁智深在五台山出家的时候，智真念了一首偈语："灵光一点，价值千金。佛法广大，赐名智深。"后来，鲁智深两次大闹五台山，喝酒撒泼，把山门口的金刚塑像都给打碎了。可是长老智真却坚持认为他日后必得正果，寺里其他的和尚都不如他。长老这么说，就是因为看到了鲁智深心里的那点价值千金的"灵光"。

这里说的"灵光"，指的就是鲁智深的善根。不思不虑，不加反省，骨子里的善良就会自然涌现出来。

有些人受环境影响很大。境遇好的时候能保持一份体面，环境一旦凶险，就会暴露出阴暗面。可是鲁智深不是这样。他的善良就像李逵的嗜杀一样，出自先天的本能。你就算把他放到武松的位置，鲁智深也不会血溅鸳鸯楼，连杀十五人。

他下不去手。

五

鲁智深也有世俗的一面。

比如说，他有虚荣心。鲁智深见了林冲的时候，自我介绍说："洒家是关西鲁达的便是。只为杀的人多，情愿为僧。"这就是吹牛。他为什么出家？不就是因为打死了一个郑屠吗，怎么就"只为杀的人多"呢？无非是因为这样说，显得自己很厉害。

他后来见杨志的时候，也有自我介绍。他不说自己"三拳打死了郑屠"，而是说"三拳打死了镇关西"。当初鲁智深怎么说的？"狗一般的人，也叫做镇关西！"现在忽然追认人家是镇关西了。

他问杨志的时候，却是："你不是在东京卖刀杀了破落户牛二的？"

你杀破落户，我杀镇关西。这就是咱俩境界的差别。

而且鲁智深也知道追求进步。他投奔大相国寺时，就非要做都寺、监寺这些高管，不肯去管菜园子。人家没办法，就给他画大饼："假如师兄你管了一年菜园，好，便升你做个塔头；又管了一年，好，升你做个浴主；又一年，好，才做监寺。"

鲁智深觉得有职场上升空间，这才肯去管菜园子。

但是鲁智深有个好处，就是他不执着，用佛教的话来说，就是不"着相"。就像他要当都寺、监寺，并不见得真有多想当，感觉更像是随口一说。就像我们到小摊上买东西，就算没觉得东西贵，也会随口砍个价，主要是怕自己显得傻，多少得走这么个流程。对方不肯降价，说几句好听的，也就付钱了。

鲁智深也是这样。人家随便画个大饼，鲁智深也就随便接了，并不执着。一旦出事，扭头就走，毫无眷恋。

这就是禅宗所说的"平常心"。

但是鲁智深并非对什么都不执着，他对情谊就很执着。

在《水浒传》里，鲁智深的感情可能是最炽烈的。从他对林冲的好，就能看出来。

我们还可以再举一个例子。鲁智深跟武松一起，到少华山去看望史进。结果到了地方，才知道史进被官府抓起来了。鲁智深一听就着急了。史进的搭档朱武摆起酒来，慢条斯理地在那里讲。鲁智深越来越焦躁，说明天就要去救人。武松坚决不同意，要回梁山搬救兵。鲁智深大叫起来："等俺们去山寨里叫得人来，史家兄弟性命不知那里去了！"转头又骂朱武："都是你这般性慢，直娘贼，送了俺史家兄弟！只今性命在他人手里，还要饮酒细商！"

别人不肯去，他自己也要去。第二天到了四更，鲁智深就起床了。四更天就是现在的夜里两点多钟，天还没亮。鲁智深拿着禅杖、戒刀，一个人摸着黑赶路去救史进。

武松和朱武都觉得鲁智深有点不可理喻，太鲁莽了。其实这不是鲁莽，而是关心则乱。他实在害怕史进死在牢房里，所以一刻都舍不得耽搁。

他对谁好，那就真是实打实的好，豁出命的好。

六

正因为这样，征方腊这场战争对鲁智深打击太大。

鲁智深是梁山步兵十大头领之首，一直冲杀在前，立过很多战功。但他并没有真实体会到战争的残酷。他是胜利者，他的朋友们也是胜利者，一直都是胜利者，永远会从战场上活着回来。可是到了征方腊的时候，情形急转直下，一场场死亡接踵而来。就拿鲁智深老朋友圈里的人来说，史进在昱岭关中箭身死，张青在歙州城死于乱军，孙二娘在清溪县被飞刀射死，曹正在宣州城中箭身死，周通在独松关被活活砍死。武松虽然没死，也断了一臂。

在此之前，鲁智深从没有真正见过朋友死在眼前的惨剧，也从没有过这样的无力感。这一切对他打击太大了。

战争结束了。鲁智深立了最后一个大功，生擒方腊。宋江劝他做官。他对宋江说："洒家心已成灰，不愿为官，只图寻个净了去处，安身立命足矣！"

宋江又劝他，既然不愿做官，就到京城找个大寺庙当住持，也算光宗耀祖。

鲁智深的回答是："都不要，要多也无用。只得个囫囵尸首，便是强了。"宋江听后，沉默不语。

只有通过这场战争，通过朋友接二连三的死亡，鲁智深才理解了世界的残酷。鲁智深以前同情弱者，但他始终是站在强者的角度去同情弱者，现在他自己也成了弱者。这个世界跟他比起来，太庞大了，也太无情了。

征方腊之前，鲁智深就像一个活在漫威英雄世界里的人物。

在那里，汽车是可以被一脚踢飞的，悬崖是可以一跃而过的，朋友永远是能被救出来的，一切永远是有惊无险的。可到了征方腊的时候，他就像忽然穿越到了现实世界。在这里没有奇迹，史进死了就是死了，武松残了就是残了，谁也无法抵御残酷的命运。

这个世界，让鲁智深心如死灰。

鲁智深留在了杭州的六和寺。他在僧房里睡觉，忽然听到轰隆作响的钱塘江潮。他以为是敌人打来了，拿起禅杖，冲出去就要厮杀，结果看到的是汹涌澎湃的潮水。

这一幕很有象征意义：一个人拿着禅杖要和潮水厮杀。

可谁又能真和潮水厮杀？

鲁智深死了。临死前，他念了一首颂子："平生不修善果，只爱杀人放火。忽地顿开金枷，这里扯断玉锁。咦！钱塘江上潮信来，今日方知我是我。"

这个颂子带有强烈的禅风。如果我们用禅宗的角度去看鲁智深，那他的一生就像禅师解脱的故事。喝酒吃肉，醉打金刚，也无非呵佛骂祖，无碍得道；一点灵光，刹那顿悟，便足以明心见性，破除无明。这是一种宗教式的解读思路。

但是我还是宁愿从普通人的角度去理解这段话。

在最后一刻，面对命运的怒潮，鲁智深明白了自己是谁。他能倒拔垂杨柳，也能三拳打死镇关西，他救过金翠莲，救过刘太公的女儿，他是个路见不平拔刀相助的英雄，但不管他是多么有力量，终究还是这个残酷世界里的一片浮萍。面对潮水，纵有禅杖在手，也无厮杀之处。

腔子里的血喷在地上，就是喷在地上，你没法把它倒回腔子里去；朋友死在你面前，也就是死在你面前，你也救不回转他。

死亡就是这个样子。无常就是这个样子。什么是强，什么是弱？"只得个囫囵尸首，便是强了。"

鲁智深一辈子都用强者的眼光打量这个世界，最后一刻，他学会了使用弱者的眼光。能有这个转换，说明骨子里还是有情，还是善良。

写完这段颂子后，鲁智深坐在一把禅椅上，焚起一炉好香，盘起双脚，左脚搭在右脚，就这么安然去世。梁山所有人物里，鲁智深是死得最从容的一个。

宋江拿出钱来，给他做了一场风光的后事。所有人都来焚香礼拜，瞻仰这位花和尚。就连书中的反面大奸贼童贯，也都来拈香致意。大家都知道鲁智深的好处。

附近的大惠禅师为他念了一段法语："鲁智深，鲁智深！起身自绿林。两只放火眼，一片杀人心。忽地随潮归去，果然无处跟寻。咄！解使满空飞白玉，能令大地作黄金。"

"解使"就是"能使"的意思。能使空中飞满白玉，能让大地变为黄金,这是对鲁智深最高的评价了。

　　作者终究还是偏爱鲁智深,所以才给他安排这样一个结局。可是谁又能不偏爱这个和尚呢?

天魁星
呼保义宋江

呼保义宋江

宋江：奋斗了二十年，
我才能和你坐在一起喝咖啡

一

在《水浒传》人物里，宋江最不好讲。他的性格相当复杂，而且施耐庵写到他的时候，还特别喜欢用曲笔。光看字面的话，施耐庵对宋江真是赞不绝口，什么"志气轩昂，胸襟秀丽"，什么"济弱扶倾心慷慨，高名水月双清"，好词儿跟雨点子似的，噼里啪啦往宋江身上掉。但是一旦落实到具体的事儿上，宋江又偏偏不像个好东西。

打个比方，我要是写篇文章夸奖小明，说他是个大大的君子，满腔热血，一身正气，实乃新时代的楷模，地球人的榜样。这么，夸啊夸啊，一路夸到小明扒女澡堂子的窗户……这样，小明是不是就会变成谜一样的男子啊？

宋江就是个谜一样的男子。首先，他的经济状况就很让人迷惑。很多人都在讨论这个问题：宋江哪儿来的这么多钱？

宋江一出场的时候，书里是这么介绍的：

　　平生只好结识江湖上好汉，但有人来投奔他的，若高若低，无有不纳，便留在庄上馆谷，终日追陪，并无厌倦；若要起身，尽力资助。端的是挥霍，视金似土！人问他求钱物，亦不推托。且好做方便，每每排难解纷，只是周全人性命。时常散施棺材药饵，济人贫苦，赒人之急，扶人之困，以此山东、河北闻名，都称他做"及时雨"。

"视金似土"，可宋江哪儿来的那么多金？我倒也想视金似土，可经济条件根本不允许啊！

江湖上跟宋江齐名的是小旋风柴进。可柴进人家是大贵族，住着超级无敌豪华大庄园，家里还藏着誓书铁券，视金似土很正常。可宋江的出身背景，也就是个乡村富户，宋太公的那点钱不太可能供他"视金似土"地挥霍。至于宋江自己，也不过是个押司。

所谓"押司"，并不是什么正经干部。按照编制来说，它不是官而是吏。在当时，官和吏的差别可太大了。官大多是科举出身，考试考出来的，好不尊贵体面！吏呢，就属于杂牌军，地位很低，县官一不高兴就可以把他们拖翻了打板子。

当然，押司地位虽然不高，但毕竟负责文书案卷，确实可以通过手中的权力捞点油水。但一个小小的郓城县，那点油水够宋江折腾吗?

我觉得够呛。

那宋江这个"及时雨"的名声从哪儿来的呢?

要回答这个问题,我们先看看另一个人物:《隋唐演义》里的秦琼。宋江叫"山东及时雨呼保义宋公明",秦琼的名号更厉害,叫"马踏黄河两岸,锏打三州六府,雄震山东半边天,交友似孟尝,孝母赛专诸,神拳太保秦叔宝",念一遍都练肺活量,整个绿林没有不买他账的。

可秦琼的实际身份呢,不过是历城县的马快班头,比宋江的地位更低。

那么,就出来了同样的问题:一个马快班头,凭什么威震山东半边天?"交友似孟尝",孟尝君养客三千,秦琼又哪来的钱去似人家?

说到这儿,就要提到作者的心态了。他们描写的虽然是黑道,但对白道终究还是仰慕的。黑社会的英雄最好能跟官府沾点边,这样显得高级。如果黑老大一出来就是个土匪,像单雄信那样,说起来好像总缺点什么,显得不那么上档次。

但怎么跟官府沾边呢?你让一个两榜进士出身的官员去当黑老大,那实在有点说不过去。比方说,宋江进京赶考,好不容易当上知府,却专爱使枪弄棒,招纳江湖好汉,终日谈些杀人放火的勾当,那听上去就不像话。施耐庵也不可能这么写。

所以,宋江只能是吏,而秦琼也只能是班头。在古代,黑道可能会渗透到白道，但渗入的孔径，就是这些吏。官终究隔了一层，吏才是黑道和白道最可能直接发生交集的地方。而且古代的吏，在民间的力量也是很强大的。

古装影视剧里描写的都是大人物，动不动都是王爷宰相，皇上娘娘。咱们看多了，就不把"押司"当回事。但是古代老百姓眼里，这已经是他们日常能接触到的最高领导了。平时他们见不着真正的官儿，押司就代表着官府，一言九鼎，有"杀人活人"的能量。品级再低，也比绿林人物高出一头。

所以，宋押司名动江湖、秦班头威震山东，他们听了，并不觉得有什么不合理。古代的点评者对此都没有什么质疑。反而到了现代，大家看皇上、宰相多了，就开始怀疑：宋江哪里的钱？哎呀，一个小小的押司，怎么配当及时雨？

怎么配，怎么配，真活在那个时代，看人家押司不整死你！

二

而且从书中的情节看，宋江当这个"及时雨"，也不一定花很多钱。

我们还是拿秦琼来做个比较。秦琼开始也没太多钱，但他事情做得漂亮，能让人感动，所以几件事下来，名声就传开了。这就像现在的微博热搜，并不是越重要的事儿越容易上热搜，有时候老大爷碰瓷也能上榜。

这种事的关键不是规模，而是话题性和传播性。

柴进出名就靠拿钱堆规模。谁来都招待，甚至还生怕人家不来，还安排周围的酒店劝人家来。像林冲这样有头有脸的人物，来了当然是杀羊治酒，大排宴席。就算是没名气的，一见面也是先给十贯钱，一斗米，不愿走的就在庄园里养着。武松就在他家里待过一年多。

但别看柴进花钱多，效果却不一定好。他这个人是少爷羔子脾气，喜欢不喜欢，都挂在脸上。就像他养了武松这么长时间，心里却厌烦人家，见了武松连名字都不叫，张嘴就是"大汉"。

这不是花钱买冤家吗？

再看人家宋江，一见武松的面，就兄弟长、兄弟短地叫，当天晚上"就留武松在西轩下做一处安歇"，接着又要给武松做新衣裳（当然，最后还是柴进掏的钱），又要给人家送行。送行那段写得特别细。

宋江陪着武松走了一程又一程，武松几次说太远了，不要送了，宋江还是恋恋不舍，说再走一段，一直走到太阳落山，还舍不得分手。到了离别之际，宋江非要塞给武松十两银子。武松推辞，宋江说："你若推却，我便不认你做兄弟。"最后武松走了，宋江站在原地，一直到看不见武松了，才转身回去。

宋江做得真是到位。人都是感情动物，架不住别人这么对你好。不要说武松，换成我，我也感动。

你说这能是钱的事儿吗？柴进养了武松一年多，武松的饭量大家也知道，柴进花的钱绝不止十两银子。何况武松临走的时候，柴进也送了些金银，但武松客气了一句："实是多多相扰了大官人！"然后扭头就走了。钱花了，感情工作没做到位，武松并不念他的好。他心心念念的就一个宋大哥。

这就是做人的差距。

所以宋江不需要花太多的钱。几件这样的漂亮事做下来，大家一宣传，说不定就会触发舆论的引爆点，登上江湖热搜榜。大家就都知道山东有个"及时雨"宋公明。

三

江湖上一说"山东及时雨"，就如雷贯耳。但这里就有了一个问题：宋江名头这么大，他自己知道吗？

从书里的情节看，他知道自己有名，但应该不知道自己这么有名。不光他不知道，他周围的人也不知道。

比如他的同事朱仝、雷横，跟他关系都不错，却没把他当成个大人物。再比如说吴用，他是本地人，又一心想往黑社会发展，按理说应该主动结交宋江才对。可吴用跟宋江居然从来没见过面。宋江的顶头上司郓城县知县，对此好像也一无所知。宋江一边当押司，一边当黑社会老大，一旦出了乱子可能会连累自己，可知县对此居然毫无防范，反而"和宋江最好"，所以，他多半不知道黑道上的"及时雨"已经打入了县衙内部。

至于宋江本人，他当然知道自己是"及时雨"，但他也不知道这名号在江湖上如此响亮。这也不奇怪。在杀阎婆惜之前，宋江并没出过远门，而周围的人也没怎么把他当盘菜，所以他自己并不清楚自己的分量。

他出事以后，流落江湖，在清风山被人捆翻，要剖心肝下酒。这个时候，宋江无意之中说了一句："可惜宋江死在这里！"对方听到"宋江"二字，大吃一惊，连忙把自己身上穿的枣红袄脱下来，披在宋江身上，请他坐在虎皮交椅上，然后纳头便拜。

宋江也大吃一惊：没想到自己这么出名！

那话真是他无意中说的，并不是故意亮出名号，吓倒对方。因为下次在浔阳江上，他碰到了张横。张横拿着刀问他是要吃馄饨还是板刀面，宋江并没有一边偷眼打量对方，一边长叹："可惜宋江吃了馄饨！"相反，他哭哭啼啼地就要往水里跳。

这说明他还是没意识到："宋江"两个字能救命。

他已经是威震黑道的老大了，自己却不知道。这听上去好像很离奇，但是在信息闭塞的古代，是完全可能的。

四

但是这里还有一个问题：宋江为什么要当"及时雨"？他打算用黑道的资源干什么？

我觉得正确答案是：他也不知道。

宋江确实有野心。他在浔阳楼写了一首词说："自幼曾攻经史，长成亦有权谋。恰如猛虎卧荒丘，潜伏爪牙忍受。"黄文炳看到这两句诗，说"那厮也是个不依本分的人"。这个评价很准确。宋江确实不安本分，很想往上爬。

但问题是：宋江就算一肚子野心，也没什么用。在宋朝的官吏制度下，他很难升上去。

宋江是个吏，这个出身决定了他再怎么折腾也白搭。吏的发展空间很窄，几乎没有机会变成官员。官和吏之间有座巨大的鸿沟。明代有首情诗，叫《劈破玉》："要分离，除非是天做了地！要分离，除非是东做了西！要分离，除非是官做了吏！你要分时分不得我，我要离时离不得你，就死在黄泉也，做不得分离鬼。"情人起誓都拿官和吏说事，可见两者差别有多大。《水浒传》的故事发生在宋朝，情形稍微好一点。当时有一种制度，叫"流外铨"，极少数的吏可以通过这种途径，成为有编制的官。但就算吏当了官，品级也非常低，一辈子也不会有大出息。

如果换成林冲或者武松，对此可能就很满意了。可宋江不行，他念念不忘的是"封妻荫子"，可你什么时候见过押司"封妻荫子"的？他注定了要在官场最底层混一辈子，不可能飞黄腾达。

既然正式的上升空间被堵死了，宋江就本能地寻找其他的资源。一个吏能找什么资源？他要是觍着脸往蔡京跟前凑，没到门房就被大嘴巴扇出来了。宋江唯一能积攒的资源就来自黑社会。所以，宋江就拼命地积攒黑道的资源，当起了"及时雨"。

但是攒这种资源有什么用呢？他难道是想造反，然后被招安？

宋江胆子也还真没那么大，想法也没那么远。晁盖几次拉他入伙，他都坚决不肯。金圣叹评论说，这是宋江扭捏作态，自抬身价。这真是冤枉宋江了。

顺便说一句，金圣叹对宋江偏见实在太深，宋江只要一张嘴，他就点评说"权诈""（此语）丑""丑极"。为了丑化宋江，金圣叹甚至不惜改动原书文字。比如说李逵取母杀虎那一段，原著里写的是：

> 李逵诉说取娘至沂岭，被虎吃了，因此杀了四虎。又说假李逵剪径被杀一事，众人大笑。晁、宋二人笑道："被你杀了四个猛虎，今日山寨里又添的两个活虎上山，正宜作庆。"

金圣叹觉得这么写太便宜宋江了，于是改动了文字：

> （李逵）诉说假李逵剪径一事，众人大笑。又诉说杀虎一事，为取娘至沂岭，被虎吃了，说罢，流下泪来。宋江大笑道："被你杀了四个猛虎，今日山寨里却添的两个活虎，正宜作庆。"

明明宋江笑的是杀李鬼、杀猛虎，而且笑也是跟晁盖一块儿笑。到了金圣叹这儿,轻轻一改,宋江就变成了个畜生,听说人家母亲被老虎吃了,居然哈哈大笑。其实宋江固然狠毒,却并没有下作到这个地步。

同样,晁盖邀他上山的时候,宋江不愿意就是不愿意,并不是像金圣叹说的那样,是虚伪做作。

阎婆惜威胁宋江,说要告发他私通强盗,宋江急得都能杀人,这要是做作的话,金圣叹你做一个我看看?

宋江确实不想上山落草。

既然宋江不想造反,他积攒黑社会的资源干什么呢?

宋江也不知道能干吗。但这是他唯一能积攒的资源,既然这样,那就攒下来再说。这是一种本能的反应。就像你落难到了荒岛上,看见地上一块金子,你也会捡起来。荒岛上又没银行,又没商店,金子有什么用?那不管,既然是金子,就捡起来再说。

五

但是跟黑社会来往是有风险的。果然出事了,宋江面临告发的威胁,情急之下把阎婆惜给杀了。

阎婆惜是他的外宅,用现在的话说,相当于宋江包养的情人。阎婆惜一家三口到郓城县卖唱,不料阎婆惜的父亲忽然病死了,连棺材都没钱买,就托人求到了宋江。一开始,宋江确实没别的心思,习惯性地帮了她们一把。后来阎婆想把女儿许给他,宋江就动了色心。这种提议，要是换上林冲，肯定是摇摇头走了；换上鲁智深，说不定就要翻脸。可宋江居然含含糊糊地答应了。施耐庵还站在一旁替他解释，说宋押司"于女色上不十分要紧"。

不十分要紧，那还是有点要紧呗。

而且大家要注意一件事：阎婆惜是典给宋江的，有卖身契。这个卖身契就攥在宋江手里。后来，阎婆惜威胁宋江，提出的第一个条件就是把卖身契还她。

这就不像及时雨了。什么时候你听说下完雨，还管庄稼要卖身契的？

还有一件事也很恶心。

宋江杀了阎婆惜以后，想逃跑。阎婆惜的妈妈不干，一把扭住他，大喊大叫："有杀人贼在这里！"这个时候冒出来一个卖糟腌的唐牛儿。他不知底细，扯住阎婆，给宋江解了围。宋江一溜烟跑了，唐牛儿却吃了挂落。知县非说他故意放走凶犯，脊杖二十，刺配五百里外。

当年智取生辰纲的时候，白胜被抓以后出卖了同伴，成了可耻的叛徒，晁盖还花钱出力把他给救出来。可唐牛儿替宋江解围，吃了官司，按理说算是宋江的恩人。可宋江到梁山当老大以后，管都没管唐牛儿：刺配就刺配，关我何事。

你帮过他，宋江记不住。但你要得罪过他，他绝不会忘。

在江州，黄文炳举报他写反诗，差点要了他的命。宋江就不惜代价也要报复。当时梁山好汉刚劫了法场，逃出生天，宋江要他们到无为军，杀黄文炳报仇。晁盖觉得不妥，出面阻拦，说：刚大闹了一场，官府已经有了准备，这个时候追杀黄文炳，弟兄们容易出事。

宋江可不管这个。兄弟们再容易出事，也得替我报仇。结果硬生生杀到了无为军，把黄文炳凌迟处死。

宋江骨子里就是这么个阴毒的人，记怨不记恩。

回过头来还说杀阎婆惜这件事。

在《水浒传》里，司法虽然黑暗，但碰到人命官司，处理起来还是比较严肃的。最多判得轻一点，但不可能不处理。所以宋江没法当公务员了，只能亡命天涯。这是他第一次真正踏入江湖。

这次江湖之旅是宋江人生的真正转折点。他渐渐意识到自己名声原来很响亮，赫然是绿林上的一面旗帜。除此之外，他还发现了一件新事物，那就是掌握千百人生死的快感。

知寨刘高陷害宋江，宋江组织反攻，拿下了清风寨，杀了刘高一家老小。此外，他还干了一件丧尽天良的事儿。为了骗秦明入伙，他派人假扮秦明去杀人放火，把一大片地方烧成了瓦砾堆，"杀死的男子妇人，不计其数"。结果官府以为秦明造反了，杀了他全家，还把秦明妻子的脑袋砍下来，挑在城头上。

以前宋江只是一个小吏，跟在知县屁股后头转，现在一声令下，就可以屠城灭寨，这给宋江带来的心理震撼可想而知。

而他天性中奸险狠毒的一面，也逐渐显现出来。

如果没有这次亡命之旅，宋江可能一辈子就待在郓城县，白天慈眉善目,谁都以为他是个大好人,晚上躺在被窝里感叹自己"恰如猛虎卧荒丘",发发牢骚。也就这么过一辈子了。

可是现在一切都不同了,他开始向往一个更广阔的世界。

六

但宋江还是有点动摇。

他本来已经打算带着花荣、秦明他们投奔梁山了,可心里头多少还是犹豫,舍不得白道。这个时候,他就站在官府和梁山的交界线上。哪边拉他一把,他就可能倒向哪一边。

结果宋太公拉了他一把,给他写了一封家信,把宋江拽回到了郓城县。

郓城县不知道他在清风寨干的好事,只追究了阎婆惜的事情,把他发配到江州。宋江也接受了判决,老老实实到江州服刑。半路上晁盖再次邀请他入伙,他断然拒绝,表示要洗心革面,做个良民。当时,宋江确实也是这么想的。不管他怎么豪强,内心深处始终有"郓城小吏"的影子,这个影子时不时会占上风。现在就是这样。

他在理性上决心当良民,并不意味着感情上就不憋屈。要是没有上次的逃亡之旅,可能还好受点。现在宋江已经尝过鲜血的滋味,尝过权力的滋味。他是个吃过人的老虎,在牢笼里会加倍的难受。

于是，他喝醉了，在墙上写了一首诗，一首词。其中最要命的一句话是："他时若遂凌云志，敢笑黄巢不丈夫！"黄巢是唐末造反的领袖，屠广州，陷长安，席卷万里，杀人无数，宋江觉得自己比他还厉害。在醉酒的状态中，老虎亮出了自己的獠牙。

黄文炳举报这是反诗，官府决定把宋江杀头。

这确实有点黑色幽默。宋江攻占清风寨，杀了刘知寨满门，杀了青州的几百男女，又俘虏了高级军官，什么事儿没有，最后却因为写了首诗要被杀头。这就好比说一个连环杀人犯，作奸犯科，血债累累，没人管没人问，最后发了场酒疯，被枪毙了。

这上哪儿说理去？

这件事出来以后，宋江再也没有退路。他只能去梁山，当他的黑社会老大。

但是宋江凭什么能当上老大？仅仅因为他仗义疏财，人缘好吗？当然不是。

《水浒传》的读者，往往有个错觉，觉得宋江就像刘备和唐僧，有点窝囊。

公平地讲，宋江确实有窝囊的地方。比如说《水浒传》是个强盗世界，他却偏偏不怎么会武。施耐庵说宋江"只爱学使枪棒"，把女色都耽误了。但不知道为什么，整本《水浒传》里，好像除了阎婆惜，谁都能打翻宋江。我觉得他都不一定打得过王婆。

就宋江这样，居然还教徒弟呢。孔明、孔亮二人好学枪棒，宋江就住在他家，"点拨他些个"。宋江真敢教，他们俩也真敢学。结果徒弟孔亮碰见了武松。武松都没真打，拿手随便拨了一下，就把孔亮拨倒了，"恰似放翻小孩儿的一般"。这是徒弟，师父宋江更惨。他在浔阳江碰见了张横。人家拿出一把刀，问他吃馄饨还是板刀面。宋江连反抗的念头都没有，只会求饶。人家不答应，他就老老实实地要往江里跳。

你说宋江这女色耽误得多冤？何必呢。

不会武功倒也罢了。读者觉得宋江窝囊，还有一个原因，那就是他动不动就下跪。有一段情节最刺目：

晁盖众人从江州把宋江救出来，杀翻了几千人马，赶回梁山。结果路上忽然闪出四个强人，带着三五百小喽啰，拦住去路，指名道姓要留下宋江。

这个时候大家还没说话，宋江就很有担当地"挺身出去"。不过他挺身出去不是干仗，而是跪在地上，说："小可不知在何处触犯了四位英雄，万望高抬贵手，饶恕残生。"

这看上去似乎是窝囊到家了，其实并非如此。大家要注意一件事：私下里宋江可能很窝囊，碰见强人会求饶。但在大庭广众之下，他只会在自己占据绝对优势时，才给人下跪。比如小喽啰们把秦明、关胜他们捆到跟前了，他扑通给人跪下，说：小可多有冒犯！

或者像现在这样，刚干翻了江州几千军马，碰见了一帮小土匪，他才会给人跪下，说：万望高抬贵手，饶恕残生！这个时候实际情况是什么？花荣已经拈弓搭箭在手，晁盖、戴宗拿着朴刀，李逵拿着双斧，团团簇拥着宋江，周围还有梁山的小喽啰。宋江处于绝对安全的地位，他发声号令就可以干掉对方。这个时候，他下跪就不再是窝囊，而是一种技巧。

我害怕，给你下跪，那是我窝囊。但我能轻而易举地杀了你，却给你下跪以避免冲突，那就不是我窝囊，而是我仁义。

你觉得宋江窝囊，可他身边那帮梁山好汉，却都不会怀疑宋江的凶狠。他给那帮小土匪下跪前发生过什么？刚刚活剐了黄文炳！

"活剐+下跪"，这才是一套完整的组合。

再比如说，攻打祝家庄的时候，宋江就和吴用商议，要把祝家庄尽数洗荡了，不留一家。他们说起这个决定的时候，轻松自如，没有一点心理负担。后来还是石秀求情，才饶了这一境人民。你能说宋江是一个窝囊的人吗？

相反，宋江不是窝囊，而是阴毒，整本书里也很难找到第二个如此阴毒之人。但是他确实有人格魅力，跟人相处的时候又豁达又体贴。无论是武松、李逵，还是戴宗、张顺，对宋江都是一见倾心。这种魅力与生俱来，难以模仿，在整个梁山也是无出其右。

而且宋江确实有领导才能，组建团队的能力极其强大，领兵打仗也是一把好手。大家看《水浒传》的时候，容易有种误解，好像打胜仗都是吴用的功劳，其实完全不是那么回事。吴用只是个参谋，宋江的军事指挥能力绝对是技压群雄，一打一个准。晁盖跟他一比，简直就是个废物。

所以说，他跟唐僧、刘备完全不是一回事。历史上的刘备很厉害，但《三国演义》里的刘备确实没什么本事，可宋江却是整本《水浒传》里最有才能的人，天生的领袖。

可惜宋朝的官吏制度发掘不了这样的人才。他本领再大，也只能是个小吏，跟着郓城知县那个笨蛋混日子。

七

官府虽然不赏识他，但宋江对官府还是有一种发自本能的崇敬。

当然，说"忠"是谈不上的。真忠于朝廷能私放强盗？能屠戮官员？能洗荡城镇？征方腊以后，朝廷转过头来想要对付他。李逵劝他造反，宋江回答说："军马尽都没了，兄弟们又各分散，如何反得成？"这句话是很现实的技术性判断。反过来说，就是如果军马还在，兄弟还在，那咱们就造反。由此可见，大家批评宋江愚忠，真的是误会他了。

他虽然不忠诚，却对朝廷有一种真实的敬畏。在宋江眼里，朝廷是一种超级强大的存在。不管他把朝廷的军队打败多少次，也丝毫没有怀疑过它的神圣，它的强大。对他来说，"封妻荫子"还是有终极的魅力。

他在郓城当小吏的时候，这一点可能就深深刻入他脑海里了。晁盖这样体制外的人，很难想象这种情结。但是宋江摆脱不了。他最终的愿望就是重返体制，让体制提拔他，认可他。

所以他钻天觅缝地想被招安。梁山好汉对招安的态度不一：武松、李逵他们反对招安；戴宗、石秀他们支持招安；还有更多的人没明确态度。但就算是支持招安的人，也没谁像宋江这般狂热，说起招安来就眉飞色舞，激情澎湃。

为了被招安，宋江又是讨好高俅，又是讨好宿太尉，连皇上情妇李师师的路子都走。宋江坐在妓院里头表忠心："义胆包天，忠肝盖地，四海无人识。"结果忠心过头，差点惊了皇上的房事。

最后，宋江终于如愿以偿，全伙受招安。他被封了个都先锋，算是有了编制的官员。一个郓城小吏，折腾了这么多年，总算熬出头来，成了个国家认可的领导。宋江要是见到了郓城知县，可能也会写篇文章《奋斗了二十年，才能和你坐在一起喝咖啡》。

"我实现阶层突破了。"

八

可惜这只是一个幻觉。

这就像凤凰男刻苦学习，混到了大城市，和本地小资一起喝咖啡，觉得阶层突破了。结果呢，刚上班就接到学校电话说孩子没户口，必须回老家考试；下班了，一推家门看见几个农村亲戚愁眉苦脸坐在客厅里，等着借钱；晚上好不容易消停了，想上网开开心，结果一看最新热帖是《嫁给凤凰男以后，我这十年的辛酸路》。

所以说，光坐在一起喝杯咖啡顶什么用啊？

宋江自己觉得被朝廷接纳了，要"封妻荫子"了，可人家根本没把他当自己人。郓城知县官儿再小，也是自己人，宋江手下人马再多，那也是异类。在高层官场上，宋江这种人就像混进鸡群里的鹅，显得格格不入。

光是他的谈吐就过不了关。官场上大多是正途出身的斯文人，说话有自己的那一套。可是宋江呢，喝几杯酒就会"揎拳裸袖，点点指指，把出梁山泊手段来"。你想，同事一起喝酒，大家谈的是风花雪月、花鸟画、苏东坡，结果出来个宋江，捋着袖子拍着大腿："兄弟在梁山的时候……"大家当然会侧目而视。

但这还是小事，最关键的问题是他没有背景。在古代，官场上最重要的不是能力，而是站队。站错队伍了，再有能力也白搭。而宋江谈不上站错不站错队伍，因为他根本就没队伍可站。所有的高级官员都跟他保持一定的距离。高俅和蔡京就不用说了，就连撮合宋江招安的宿太尉，其实也只是把他当枪使，并没真拿他当自己人。

其实这也正常。在朝廷眼里，宋江这样的造反头领，有严重历史污点，必须防范性使用，哪个官员敢和他打成一片呢？其实朝廷看待宋江，就跟鲁智深看待朝廷一样：一件衣服已经染成黑色了，再怎么洗也洗不白。宋江命中注定就是个"黑人"。

宋江自己也意识到了这一点。他在征方腊的时候，看见有人玩空竹，写了一首诗：一声低了一声高，嘹亮声音透碧霄。空有许多雄气力，无人提挈谩徒劳。

他四处拼杀，牺牲了无数兄弟，最后做到了楚州安抚使兼兵马都总管。但实际上，他还是官场里的另类。出了事，没有一个人真会去帮他。

宋江作为一个最底层的小吏，拼了命地奋斗，拼了命地攒资源，人也杀了，险也冒了，什么缺德事儿也干了，最后终于爬上了人生巅峰，实现了阶层突破，可以体体面面地和人家坐下来一起喝咖啡了。结果却是前所未有的孤独。

他叛离了底层，却融不进高层，成了悬在空中的边缘人。"军马尽都没了，兄弟们又各分散"，最后劈面而来的，是朝廷送来的毒酒。

宋江始终没有明白一件事：宋朝那个环境容不下他的阶层突破。他没有机会，从来都没有。那个世界不属于他，他永远也挤不进去。

九

临死前，他做了最后一件事，毒死了李逵。

这并不是因为他对朝廷有多忠心。他只是明白实力悬殊，造反已经没机会了,但是李逵这个傻子很可能还会去尝试。一旦李逵造反,就算他已经死了,也会被认为是主使者。

宋江不愿意这样。

反正都是个死,宋江还是愿意以"武德大夫、楚州安抚使兼兵马都总管"的身份死去。就算他没有能真正挤进那个高贵的世界,也还是愿意留着挤进去的幻象。而这个身份,就是最好的象征。宋江临死前的举动算是对那个高贵世界的最后献祭。

他反抗过它,挑战过它,但最终,他还是崇敬它的。

宋江是个狠毒狡狯的人。他杀过好多无辜百姓,灭过好多人的门,害得秦明、卢俊义他们家破人亡,甚至还指示李逵杀害过孩童。但是在最后一幕,他邀李逵和自己一起葬在蓼儿洼。他说已经去看好了,蓼儿洼的风景和梁山泊一般无二,"言讫,堕泪如雨"。这一刻我们几乎忍不住会去同情他。

——同情这个用一生去追逐梦幻的宋押司。

天機星
智多星吳用

天速星
神行太保戴宗

神行太保戴宗

吴用：缠绕在大树上的一根藤萝

一

《水浒传》里头有几个人物性格最复杂，第一是宋江，第二是武松，第三个就是吴用。

吴用看上去比较温和，书上说他"眉清目秀，面白须长"，一副人畜无害的样子，而且他脾气也好。整本书看下来，就没见他跟谁红过脸。梁山好汉多少都有点怕宋江，但很少有人怕吴用。比如征伐完王庆之后，李俊、张顺他们打算重回梁山，但不敢跟宋江说，都来找吴用。跟吴用谈事情，大家普遍没什么心理压力。

光看表面的话，吴用确实挺儒雅，挺正派。金圣叹并不喜欢吴用，但也承认他是"上上人物"，虽然有点狡猾，但终究"心地端正"。

但如果仔细推敲起来，金圣叹的这个评价并不靠谱。吴用的心地其实一点都不端正，做事更谈不上温和。他跟宋江一样，是个狠人。

就拿李逵劈杀小衙内来说,这可能是《水浒传》里最残酷、最缺德的一件事。一个四岁的娃娃,粉雕玉琢,天真可爱,却被活活劈死。这件事具体下手的是李逵,拍板的是宋江,出主意的却是吴用。宋江对朱仝解释过:"前者杀了小衙内,不干李逵之事;却是军师吴学究因请兄长不肯上山,一时定的计策。"

能定这样的毒计,吴用会是心地端正之人?

再比如说卢俊义。人家在河北当大财主,没招谁没惹谁。吴用为了让人家上山,非要定个计,"智赚玉麒麟",把卢俊义弄得锒铛入狱、家破人亡,你能说这是心地端正之人?

书中还有一个例子,大家可能都没怎么注意到。宋江带兵打仗的时候,还知道约束手下,别滥杀无辜。有一次宋江生病,吴用替他攻打大名府,破城以后就开始烧杀抢掠。

作者还写了一段诗来描述当时的情景:

> 班毛老子,猖狂燎尽白髭须;绿发儿郎,奔走不收华盖伞。……踏竹马的暗中刀枪,舞鲍老的难免刃槊。如花仕女,人丛中金坠玉崩;玩景佳人,片时间星飞云散。……可惜千年歌舞地,翻成一片战争场。

最后大名府的刽子手蔡福实在看不下去了,找到柴进来哀求:"大官人,可救一城百姓,休教残害。"柴进拉着蔡福去找吴用,说:

咱们不能这么杀人啊。吴用这才下令停止杀人，这个时候"城中将及伤损一半"，事后官府清点损失，发现民间被杀死者有五千多人，受伤的不计其数。

这不是控制能力的问题。吴用一声号令，说不让杀了，屠杀马上就能停止。说明他能控制住军队，他就是不在乎。也许他是想屠城立威，也许是想借此酬劳三军，但不管出于什么目的，都说明这是一个狠人。

而且吴用跟别人不太一样。《水浒传》里的人物大多数是环境所迫才上的梁山。很少有人好端端地忽然想落草当强盗。可吴用不同，他一出场就渴望落草。

吴用本来是教书先生，在村学里给孩子上课。这个时候，碰上晁盖，听说了生辰纲的事儿。换上一般人，这么大的事儿，怎么也得琢磨琢磨。晁盖自己就琢磨了好一阵，犹豫不定，这才找吴用来商议，可是吴用想都没想，第一反应就是："好！我这就给你找人去！"态度比晁盖坚决得多。

晁盖抢劫生辰纲，只是想发笔财，并没有上山当强盗的打算。所以等到生辰纲事发，晁盖不知所措，事到临头了还在问："却是走那里去好？"吴用马上给出答案："去梁山泊，当强盗去！"这条路他早就想好了，而且很可能这才是他的终极目标。

生辰纲七人组里，对上山落草这件事，就数吴用最积极、最主动。那么一个乡村教师，为什么对当绿林生涯有这么强烈的向往？

推想起来，多半还是因为觉得怀才不遇。

大家都说"秀才造反，三年不成"，其实这个说法并不准确。在古代，失意秀才也是个很可怕的团体。中国历史上有三次大规模的起义：黄巢、李自成和太平天国，其中两次都是秀才领导的。

农民造反，大多是碰上旱灾、蝗灾什么的。或者苛捐杂税太重，吃不上饭了，造反。可是秀才不一样，哪怕锅里蒸着馒头，只要没有官儿当，他可能都想造反。因为他受委屈了，怀才不遇，展眼望去，没有求贤若渴的刘皇叔，只有满满一屋熊孩子，那么请问：这个世界还有什么存在的价值？

所以，我们可以想象那个场景：

晚月初上，一灯如豆，吴用老师手捧《论语》，坐在那里出神，想到种种杀人放火、打家劫舍的勾当，不由得心潮澎湃……

二

那么吴用到底有没有才呢？

说实话，还真是挺有才的。

现在网上流行翻案风，有些人把吴用贬得一钱不值，说他水平还不如"神机军师"朱武，理由是征辽的时候，朱武能认出"武侯八阵图"，吴用却认不出来。但这个说法根本不成立。朱武就是单纯的技术型人才，缺乏独当一面的能力，综合水平跟吴用不在一个档次上。

吴用的能力很全面，政治、人事、军事，都有一套。就拿军事水平来说，他虽然比不上宋江，但在《水浒传》里，也算是顶级人物了，不光能参谋，也能独自带兵作战。

当然，吴用也有短板。比如说，他不擅长硬碰硬的作战方式。吴用更愿意搞策反，派卧底，下埋伏，然后里应外合地打进去。到了征方腊的时候，这种作战方式失灵了，吴用就开始有点懵圈。

在杭州城下，他就给宋江出过昏着儿，策划派一支小分队引出敌军，然后其他人一起攻城。结果进攻的时候中了埋伏，把刘唐给害死了。这种硬碰硬的大规模集团作战，确实超过了他的参谋能力。但就算这样，吴用的表现也还是及格的。后来在乌龙岭一战，要不是他主动派兵接应，宋江就全军覆没了。

所以总体来说，吴用的水平不低，就算放到《三国演义》里，至少也混上个一线参谋，给荀彧、郭嘉打打下手。

除了军事作战以外，吴用还特别擅长搞阴谋诡计，煽风点火啊，做个假啊，骗个人啊，在这方面，他绝对是"智多星"。不过，就像他在军事上存在短板一样，他在策划阴谋诡计的时候，也存在短板。

吴用作为文化人，浪漫情绪有点严重，搞阴谋的时候也忘不了艺术化。他不由自主地就会叠床架屋，增加很多曲折环节，把事情弄得像阿加莎·克里斯蒂的小说似的。

就拿智取生辰纲来说吧，吴用就设计了一个很复杂的链条：我要用蒙汗药酒麻翻你们，但是你们不喝怎么办？那我们就化装成七个贩枣子的客人,先喝一桶给你看。你们还不放心怎么办?那我们在第二桶里也喝一瓢给你看。两桶都喝了,蒙汗药怎么下呢?就在喝那瓢酒的时候,偷偷放进去。

听上去是不是像《尼罗河上的惨案》?很出人意料。但这里就有很多问题:

杨志他们看见七个贩枣子的就走了怎么办?

杨志他们看见酒就买怎么办?

杨志他们偏偏不买又怎么办?

杨志他们热心地围着酒桶不走,又怎么办?

等等,等等。

只要有一个环节出了岔子,杨志他们就挑着珠宝下了黄泥冈,吴用他们推着七车枣回家。七条好汉凑在东溪村,枣子就酒,越喝越有。

《水浒传》全剧终。

当然了,这些意外没有发生。杨志最后上当了。但是吴用他们付出的代价很大。犯罪太艺术化了,就容易捡了芝麻丢了西瓜。本来可以悄悄进行的一件事,吴用非要推着七车枣子来回跑,还得住旅店,结果目标太大,让衙门给破案了。

打个比方说,这就像犯罪分子设计了一个复杂的密室杀人案,门窗毫无碰过的痕迹,现场也没有搏斗迹象,死者与外界也没有任何接触,所有逻辑线索都被掐得死死的。——但是,犯罪分子对逻辑思虑过多,导致忘记蒙脸了。

结果警察来了,没做任何逻辑推理,先把门口的摄像头监控调出来看。

刑警小张指着屏幕说:老何,你看这个犯罪分子是吴用吧?

何清说:对,是吴用!

一下子破案了。

吴用策反卢俊义的时候,也犯了同样的毛病。他非要装算命先生,一两银子算一卦,等卢俊义算卦,他就说人家有血光之灾,还要在人家墙上题什么藏头诗:

> 芦花丛里一扁舟,
> 俊杰俄从此地游。
> 义士若能知此理,
> 反躬逃难可无忧。

卢俊义万一横着眼一看:"好畜生,敢在我家里题反诗!小的们,与我将这厮拿了!"那怎么办?

一个好的计谋,环节不宜过多,各个环节之间的依赖性也不能太强。因为任何环节都有不可控因素,一旦某个环节没有按计划发展,整个链条就崩溃掉了。但是吴用忍不住要把事情搞得复杂化。

他老是举轻若重,做些萝卜雕花的工作,弄得形式大于内容,结果几次出事都与此有关。最典型的就是那次伪造蔡京书信。

宋江在江州被抓，梁山要用蔡京的名义，伪造一封信给蔡九知府。吴用大动干戈，务必要把这封信弄得尽善尽美。为了书法，抓了萧让；为了印章，抓了金大坚。

折腾了这么大动静，最后吴用才忽然想明白：这是封家书，弄得这么完美反而不像了！而且最要命的是，吴用光顾着折腾那封信了，却忘了叮嘱戴宗万一蔡九知府问起来，该怎么回答。

这可是大概率事件。按人之常情推测，蔡九知府很可能把戴宗叫来问两句："开封那边怎么样啊？我爹还好吧？他老人家跟你说什么了？"吴用光忙着萝卜雕花了，把主食给忘了。

戴宗只能凭本能瞎编。他又没见过什么世面，越说越离谱：

——从京城的哪个门进去的？

——哎呀，我到京城的时候，天已经黑了，不知道是从哪个门进去的。到相府的时候，天更黑了，什么都看不清。好不容易才找到了一个看门的，我把信交给了他。

——看门的长什么样？

——嗯，他的脸朦朦胧胧的看不清。

——有没有胡子……

——说不准，兴许有点胡子？第二天凌晨四点，漆黑一片，我摸黑来到相府门口。看门的把回信交给我，脸还是朦朦胧胧的看不清。

这哪是汴京的相府，简直就是《聊斋》里的鬼宅，就差戴宗取完信后回头一看：不见府邸，唯见松楸蔽日，巨坟岿然。

蔡九知府当然不信，拖下就打，结果事情就露馅了。

这次失败当然有戴宗的责任，但他毕竟只是执行者。说到底，还是吴用的文人浪漫主义情绪太重，形式大于内容，才搞出的纰漏。

三

虽然吴用有短板，但总的来说，他还是《水浒传》里最聪明的一个人，既有丰富的想象力，看事情看得也极准。

从一件事儿上，就能看出宋江和吴用的智力差距。梁山打败高俅以后，高俅声称要替他们申请招安，带了萧让、乐和回开封。高俅会履行诺言吗？宋江有点吃不准，吴用则断言绝对不可能。他说高俅"折了许多军马，废了朝廷许多钱粮，回到京师，必然推病不出，朦胧奏过天子，权将军士歇息，萧让、乐和软监在府里"，所以还得另想办法。后来事情发展果然是这个样子。

宋江看不准的东西，吴用就能看得准。要单纯看智商的话，他确实能碾压宋江。

既然这样，就引出来一个问题：吴用的智力更高，看问题更准，资格也更老，那为什么梁山的一把手不是他，而是宋江？

这其实是个老问题。古代人也有过类似疑问。他们诧异道，既然知识就是力量，那为什么做皇帝的没有读书人，反倒都是"世路上的英雄"？所谓"世路上的英雄"，大致就是刘邦、朱元璋那样的人，带点光棍无赖气。开国皇帝里头，往往都是这种人居多，读书人很少能成事。

这倒不是因为读书人心慈面软。就拿《水浒传》来说，吴用施起毒计来，一点都不亚于宋江。那问题出在哪儿呢？

恐怕主要还是性格问题。

宋江会耍手腕，吴用也会耍手腕。但是宋江耍起手腕来，更多的是出于本能。他笼络人心是一种本能，凶相毕露也是一种本能。比如他拉拢武松，就是出自一种本能，并不是思考后的结果。他要活剐黄文炳，也是出自凶残的本能，并不全是为了借此立威。

上一篇写宋江的文章里提到过一件事，宋江从江州杀回梁山时候，路上忽然出来四个山大王，点名要宋江出来。这个时候，宋江就挺身出来，上去就跪那儿了。这就是本能。当时也没有时间让他从容思考，他凭着直觉就把事儿给做了。

吴用就不一样。

他骨子里还是读书人的气质，做事总要前思后想。拉拢人之前，要思考一番；害人之前，也要思考一番。遇事多想一想虽然好，但思虑过度，本能的力量就打了一个折扣。给人的感觉，好像总是隔了一层。所以，吴用身上就少了一种人格魅力，也就是学者们所说的"克里斯马"。

我们还是拿他和宋江做个比较。宋江跟李逵吃了一顿饭，稍加拉拢，李逵就成了他的铁杆心腹，为宋哥哥掉脑袋都可以。而且这顿饭吃得如行云流水，非常自然，谁也没觉得宋江刻意地琢磨什么。再看吴用,他和阮氏三雄也吃过一顿饭。这顿饭吃得老费劲儿了。吴用每句话都仔细推敲过,谋篇布局,<u>丝丝入扣</u>。金圣叹批注的时候连声赞叹:此句用"反跌法",此句"又图一宽",此句"又出一奇"。

一顿饭吃下来,活脱脱一篇大文章。

但问题是人家是跟你吃饭,又不是读你的大文章。吴用正着说、反着说、试探着说、高智商地说,说到最后,阮小二忍不住了,直接问:"你是不是让我们跟着晁盖抢劫去?"

——对,就是这个意思。

当然,最后事儿是谈成了。但你要阮氏三雄为吴哥哥掉脑袋?怎么可能嘛。

吴用思虑太多,意志上的力量就差了一些。他虽然好像八面玲珑,但没有人格感召力,无法激发别人的忠诚感。最简单地说,他摆不平人家。

就拿李逵来说,好多人都带李逵出过门。戴宗也好,燕青也好,都能把李逵治得服服帖帖。吴用贵为梁山大领导,却摆平不了李逵。他跟李逵结伴去害卢俊义,李逵扮成他的道童,一路上把吴用折腾得够呛。吴用毫无办法,只能坐在那儿抱怨:"你这厮苦死要来,一路上呕死我也!"一个李逵都能把他怄死,又怎么能当梁山一把手?

吴用智力再高也没用,这不是智力能解决的问题。我们很容易高估智力的重要性,其实在政治关系里,性格和意志往往更重要。谁控制谁，首先是性格和意志的较量，其次才是智力的较量。吴用再聪明，再阴险，也只能退居幕后，把老大的位置让给宋江这样的枭雄。

四

吴用虽然做不了老大，但他在梁山的地位还是很重要。

他作为首席智囊兼梁山大管家，虽然自己当不了一把手，可他的态度却能决定一把手能不能坐稳。我们都知道，晁盖后来被宋江架空了。宋江能架空晁盖，当然跟个人能力有关，但其中也有一个关键因素，那就是吴用倒向了宋江。如果吴用坚持站在晁盖一方，宋江还真不好办。

很多读者因此对吴用不满，说他出卖晁盖，还说交朋友不能交吴用这样的。其实这些说法并不正确。梁山泊又不是晁盖的私人财产，吴用又不是他的奴才，凭什么要无条件支持他？晁盖胸无大志，宋江有能力、有抱负，梁山集团在他手里滚雪球似的增长，吴用又凭什么不能支持他？

没有这个道理。

晁盖和吴用是最早的一对搭档，一起斩荆披棘开创的局面。但到后来，吴用站到了宋江阵营，两个人关系闹得很僵。晁盖死了，吴用没太伤心，对报仇的事儿也不怎么起劲。一段友谊走到这步田地，其实也不能说是某一方的责任，主要还是由双方的地位决定的。

吴用骨子里还是个传统书生。他渴望依附于某个领导，好好辅佐人家。宋江是他理想中的领导，而晁盖完全不是。那么，他当然就站在宋江一边。而反过来，宋江对他也是百分百信赖。他们俩一样的狠毒，一样的权诈，一样希望梁山集团做强做大。他们是完美的搭档，用现在的话说，简直就是一对"灵魂伴侣"。

一个说：怎么才能让朱仝入伙呢？

另一个说：把朱仝看护的那个小崽子劈死，他就只能入伙了！

一个说：要不要害卢俊义呢？

另一个说：当然要害！不害人怎么行？

不过这对"灵魂伴侣"的世界观并不一样。宋江是有理想的，他渴望"封妻荫子"，名垂青史，被主流社会接纳。但吴用不是这样。要说理想，他好像也没什么理想，对国家也没有任何忠诚。这些东西对他来说都无所谓。他是一个赤裸裸的机会主义者。在整个梁山泊，恐怕都找不到像吴用这样毫无底线的人。别人不满意朝廷，最多是劝宋江重上梁山，吴用干脆劝宋江投靠辽国，"设使日后纵有功成，必无升赏。我等三番招安，兄长为尊，止得个先锋虚职。若论我小子愚意，从其大辽，岂不胜如梁山水寨？"

用现在的话说，这是叛国啊。就算古代的民族主义观念没现在强，人们也接受不了这种行为。强盗和汉奸毕竟不一样。你写个《水浒英雄传》，老百姓爱读。你写个《投辽英雄传》，大家肯定是唾弃的。

宋江也接受不了。这个建议太过分了，宋江当时就有点翻脸，话说得很硬："军师差矣！若从大辽，此事切不可提！"

投辽的话都说得出来，那吴用是不是一个彻头彻尾的自私者呢？

那倒也不是。

大家都觉得"自私"是个贬义词。自私当然不好，但一个人要想做到彻底的自私，还真需要一点独来独往的精神。吴用没有这么强大的自我，他依附性太强，就算想彻底的自私也做不到。他必须附着于某种东西上，把自我消融在里面。

对于吴用来说，这个东西就是梁山。再具体一点说，就是宋江。

五

吴用并不是一个感情丰富的人，他内心很冷。

宋江是有感情的。征方腊的时候，将领们一个接一个地战死，宋江经常是"哭得几番昏晕"。张顺死的时候，宋江甚至说："我丧了父母，也不如此伤恼，不由我连心透骨苦痛！"这里也许有一点表演夸大的成分，但难过也是真难过，并非伪装。到了最后，宋江明显情绪失控，军事上的危险也顾不上，拼了命地往前打，就是要为兄弟们报仇。

所以说，宋江虽然阴毒狡狯，却并非无情之人。

相比之下，吴用表现得很冷漠，一张嘴就是"今翻折了兄弟们，此是各人寿数"。当然，他为了劝解宋江，说这些话也可以理解。但是从头到尾死了这么多人，从没见吴用有特别难过的时候。书上用的最重的一个词，也就是张顺死的时候，吴用"伤感"了一下。

别看吴用温文尔雅，和蔼可亲，但他的内心却像是一片感情荒漠。他不怎么在乎别人的死活。唯一的例外就是宋江。对宋江，他几乎是奉献了全部的忠诚。

故事发展到后来，很多人都选择了离开。公孙胜走了，燕青走了，李俊更聪明，诈称有病，带着几个兄弟跑到了暹罗国，成了那儿的国王。但是吴用始终跟着宋江。他对朝廷丝毫都不信任，按照他的智力，不会猜不到后面的剧情发展。他本应该找个机会全身而退，可是没有。他老老实实跟宋江走到了底。

有人说他还是看不透。其实吴用不是看不透，而是不舍得。

宋江不舍得的东西，是被朝廷招安，是封妻荫子。而吴用，是不舍得背叛宋江。这倒不是说他对宋江本人有多忠诚。像吴用这般狡狯冷漠的人，就算对宋江有点情义，也强烈不到哪儿去。说到底，他还是把宋江当成了梁山的象征。

吴用所有的心血都花在梁山身上。梁山这个集团就是他的生命、他的灵魂。他可能不在乎宋江，但在乎梁山。如果梁山有人比宋江更适合当老大，他就会毫不犹豫地抛弃宋江，投靠那个人，就像他当年抛弃晁盖一样。人与人之间的情分，吴用不会太当回事。

但事实证明，没有人能取代宋江。梁山在宋江带领下走到了巅峰。既然这样，宋江就代表着梁山。对于吴用来说，只要宋江不死，梁山就还活着。

宋江死了，吴用的精神世界也就崩溃了。他到宋江坟上，放声痛哭，哭完就自杀了。梁山死了那么多兄弟，他最强烈的感情也就是伤感。宋江一死，他连活都不想活了，这哪里是私人交情的问题？

他只是觉得自己依存的世界消逝了。

李俊内心强大，可以为自己而活，一旦失望就扬帆碧海，再开天地。可是吴用不行。燕青的内心也很强大，可以挑着一担珠宝，洒脱风尘，此生逍遥。可是吴用不行。他就像缠绕在大树上的藤萝，只能随着宿主一起枯萎。

他聪明，狠毒，阴鸷，但他终究还是软弱的。

托塔天王 晁盖

威镇边陲不可当,
梁山寨主是天王。
最怜率尔图曾市,
遽使英雄一命亡。

晁盖:权力的山峰上,没有下山的道路

一

晁盖虽然不在梁山一百单八将之列,却是《水浒传》里的一个起枢纽作用的人物。晁盖打响了造反的第一枪。没有他,就没有后面的梁山大聚义。而故事刚发展到一半,晁盖就战死在曾头市,导致宋江顺利地接过梁山的指挥权。所以,在人们眼里,他带有强烈的悲剧英雄色彩。再加上评论者往往厌恶宋江,嫌他虚伪多诈。相比之下,晁盖就显得比较质朴。所以大家几乎众口一词,都说晁盖是个侠肝义胆的大好人。

但晁盖到底是不是个大好人呢?很难说,因为这取决于你站在什么角度去看。

比如说,谈到晁盖的品格,很多人都喜欢举一个事例。晁盖刚到梁山做寨主的时候,山下正好有一批客商路过。晁盖听了很高兴,问:"正没金帛使用,谁可领人去走一遭?"阮氏兄弟自告奋勇要去。晁盖就嘱咐他们:"只可善取金帛财物,切不可伤害客商性命。"

很快,二十车金银财物,四五十头驴骡牲口,都抢回来了。

晁盖马上第一句话就是问:"不曾杀人么?"

没有,客商跑得快。

晁盖大喜:"我等初到山寨,不可伤害于人。"

看到这段,大家就说:"晁盖真是好人,光抢劫不杀人!"

但我觉得不能这么看问题。首先,"初到山寨,不可伤害于人",这话有点古怪。金圣叹最喜欢凭个人喜好乱改原文。读到此处,他也觉得古怪,就随手改成了"我等自今已后,不可伤害于人"。好,我们姑且不去深究,就当金圣叹改得对,晁盖从不杀人。但他们毕竟是在抢劫啊!

当初晁盖抢劫生辰纲的时候,摆出一套冠冕堂皇的理由,"此等不义之财,取之何碍!"那人家客商做点买卖,有什么不义的?晁盖这一抢,人家说不定回去就得上吊了。

当然,我说这话显得有点幼稚。晁盖他们占山为王,又不种地又不做工,不抢劫就得饿死了。如果用山大王的标准看,晁盖确实还算不错。李忠、周通在桃花山抢劫客商,人家都跑了,他们还要追在后头杀,"有那走得迟的,尽被搠死七八个"。在同行的衬托下,晁盖就显得比较仁义了。

但我们不能把晁盖拔得太高,什么劫富济贫、替天行道,都是没影的事儿。晁盖抢了二十车金银财物以后,他可没说:"哎呀,山下还有许多受苦的乡亲,我们要把这些财物分给他们!"相反,晁盖他们直接把这些财物给瓜分了。十一个首领均分一份儿,所有小喽啰们再均分另一份儿。兄弟们要大块吃肉、大碗喝酒,论秤分金银,异样穿绸缎,没钱怎么行?乡亲们反正穷习惯了,再忍一忍。

在这点上,宋江反而比他强不少。宋江打下城池的时候,如果抢到的东西多,还会分点儿给老百姓,而晁盖从来没这么干过。这一方面是因为晁盖当家的时候,梁山没那么宽裕。另一方面,晁盖也没有这个意识。他没有政治野心,所以不需要散发财物,来争取民间舆论。梁山那面"替天行道"的杏黄旗,是晁盖死了之后才立起来的。

晁盖和宋江完全不同。宋江老打算被朝廷招安,封妻荫子,青史留名。晁盖没有这些打算。什么封妻荫子?晁盖连妻室都没有。宋江还有个"不十分要紧"的阎婆惜,晁盖却"不娶妻室,终日只是打熬筋骨",当然也就谈不上什么封妻荫子。晁盖就想和兄弟们凑在一起,大块吃肉、大碗喝酒,打熬筋骨,痛快过日子。对未来,他没有任何长远规划。

晁盖是个活在当下的人。

二

晁盖一出场就是抢劫生辰纲。

在老版电视剧里头，晁盖似乎胸有大志，想揭竿而起，所以要抢这笔钱做启动资金，"劫那生辰纲，也是为了大家能够在一起做些事情"。这就是想多了，把晁盖当成洪秀全了。其实晁盖的想法没那么长远，他就是想弄俩钱花。

晁盖花钱大手大脚，"但有人来投奔他的，不论好歹，便留在庄上住，若要去时，又将银两赍助他起身"，时间长了，经济上多半有点紧张。现在抢了生辰纲，过个肥年，如此而已。所以抢到生辰纲以后，他们几个直接就把钱给分了，根本没做什么资金储备。阮氏兄弟带着自己那份儿钱回家，晁盖接着在东溪村过小日子。

结果东窗事发，官府要来抓他。宋江跑来报信，晁盖第一反应居然是："却是走那里去好？"这么多天了，他就在家里傻吃焉睡，连退路都没想过。现在我们都说人生需要"B计划"，而晁盖就是个没有"B计划"的人。

幸亏吴用老早就想好这个问题了，带着他去梁山落了草。不然的话，晁盖跑都不知道往哪儿跑。

到梁山之后，晁盖当了寨主，但他还是在东溪村的那副样子，得过且过混日子。宋江上山之前，梁山基本没有什么发展。而且晁盖也没打算发展。翻遍《水浒传》，你也看不出晁盖对梁山泊的未来有什么规划。他觉得现在这样就挺好，有肉吃，有酒喝，有哥们兄弟，就行了呗。还要怎么发展？

这当然显得有点胸无大志。但江湖人士其实大多都是晁盖这种性格：热热闹闹，快意恩仇，过了今天不想明天。二龙山、桃花山、少华山，这些山寨的首领也是这个样子。像宋江那样动不动要思考个人生意义的，是极少数。

除了得过且过以外，晁盖还有一个问题，那就是缺乏决断力，做事拖泥带水。关于这点，我还是拿生辰纲事件来做个例子。破案以后，观察何涛带着公文，从济州城赶到郓城县。到地方的时候是巳牌时分，也就是十点左右。宋江和他交谈了一会儿，然后就跑到东溪村报信，路上花了"没半个时辰"。这么算起来，晁盖接到消息，最多也就是中午十二点。

宋江急如星火地催他们："若不快走时，更待甚么？你们不可耽搁。倘有些疏失，如之奈何！"然后，宋江走了，晁盖就开始收拾东西，准备逃跑。

郓城县那边故意拖延时间。磨蹭到晚上一更时分，朱仝、雷横才带着人杀过来。一更时分大约就是夜里八点。离宋江报信，已经过去至少八个小时了。宋江肯定以为没事了，可谁能想到，"兀自晁盖收拾未了"，还在那儿装行李呢。听说官军到了，晁盖这才拿刀出去，威风凛凛地大喝道："当吾者死，避我者生！"

说实话，真是太无能了。

三

晁盖这么个性格，带兵打仗当然也不行。

他当家的时候，梁山确实打过几场胜仗，但那都是吴用的功劳，"不须兄长挂心，吴某自有措置"，然后就开始发号施令，部署作战。

晁盖只单独行动过一次，就是去江州救宋江。吴用那次没跟着，留在梁山看家，结果行动搞得一塌糊涂。

劫法场倒还算顺利，晁盖他们顺利地救下了宋江、戴宗。那下一步该怎么办呢？往哪个方向撤退呢？

晁盖没考虑过这个问题。

这个时候，一个黑大汉从天而降，抡着两把板斧，朝人群冲杀过去。晁盖灵机一动，大喊一声："大家跟着这个黑大汉走！"

为什么要跟他走？

那谁知道，走了再说。

只见李逵在前面跑，晁盖他们在后面跑。李逵也不知道为什么往这个方向跑，晁盖也不知道为什么要跟着他往这个方向跑。反正大家就一起跑。越跑越沉稳，越跑越精神。

跑啊跑啊，跑了六七里地，没法跑了，"前面望见尽是滔滔一派大江，却无了旱路"。晁盖看见，只是连声叫苦。反而是李逵在那里大喊："大家不要慌！先到庙里躲一躲！"弄得好像他比晁盖更像领导。

作为一个指挥官，晁盖把队伍带成这个样子，不是无能是什么？

后来，宋江接过指挥权，情况马上变样，攻打无为军，活捉黄文炳，一切有条不紊，若有神助。他们两人的能力差距，就有这么大。

那么这里就有一个问题，既然晁盖的领导能力这么差，为什么能做山寨之主呢？

这就是历史提供的机会。

刚起事的时候，一切都乱糟糟的。大家都没什么功劳，也都没有经过环境考验。谁有本事，谁没本事，也说不清楚。基本上谁看着像个领导，大家就会让他当领导。

晁盖是当地保正，做人物头儿做惯了，说话办事自然有那个派头。用现在的话说，就是气场大。而且晁盖也有江湖声望，"托塔天王"这四个字叫起来也是挺唬人的。这一点，无论是私塾先生出身的吴用，还是普通武官出身的林冲，都比不了。既然这样，当然就是他当一把手。

但是，派头和声望不等于能力。随着时间推移，晁盖能力不足就渐渐暴露出来。但这个时候，他已经当了很多年的大首领。要换人也没法换了。这就种下了未来的祸根。

四

当然，晁盖并非一无足取。事实上，他身上有很多闪光点。

比如说，江湖人士最看重的就是"义气"这两个字，而晁盖在这一点上做得非常到位。

就像智取生辰纲以后，白胜被官府捉去，一顿拷打，就把同伙给招出来了。按理说，这就属于叛徒，就算敌人不枪毙他，我们也要枪毙他。再说，白胜就是个挑担子卖酒的，梁山事业多他一个不多，少他一个不少。管他做什么？但是晁盖刚上梁山，就惦记着"白胜陷在济州大牢里，我们必须要去救他出来"。白胜上山以后，晁盖还是把他当成兄弟，给了他一把交椅坐。

晁盖对白胜尚且如此，对宋江就更好了。生辰纲事发以后，宋江给他通风报信，晁盖念念不忘，反复说要报答宋江，又是送金子，又是邀请上山。等宋江在江州落难，晁盖带着队伍千里迢迢杀到江州，舍生忘死地救宋江。

所以《水浒传》的读者，往往对晁盖很有好感，这也是有一定道理的。

但是晁盖的道德观，是江湖黑社会的道德观。如果用普通人的角度看，总觉得有点古怪。比如说杨雄、石秀、时迁他们三个人投奔梁山。在路上，时迁偷了一只鸡，惹出事情，被人家抓起来了。杨雄、石秀就跑到梁山求救。晁盖一听，勃然大怒："孩儿们！将这两个与我斩讫报来！"

为什么呢？因为时迁偷鸡吃，给梁山好汉丢人了。

晁盖小宇宙爆发的时候，宋江跟吴用就坐在旁边。他们俩估计都有点懵："老大，你忘了咱们是干什么的了？咱们是强盗啊！"是啊，你晁盖不还派人下山抢劫吗？阮家三雄抢二十车金银财宝上来，你称赞他们立了大功，那时迁偷只鸡又怎么了？

按照法律来说，抢劫比偷窃恶劣得多，可是在晁盖眼里，事情正好是反过来的。晁盖觉得抢劫可以，好汉行径；偷东西，丢人。如果时迁闯到村里，一脚踹开大门："哇呀呀呀，给爷爷把鸡都交出来！"这是豪杰。翻墙进去，到鸡圈里摸两只鸡出来，神不知鬼不觉地跑了，那是小偷，该杀头。

晁盖并不是说不该占有别人的东西，而是说应该用暴力手段占有。暴力是强者的标志，而偷窃是弱者的行为。时迁年纪轻轻的，怎么能盗窃呢？你应该抢劫啊！他的这种道德观可以说是一种暴力美学。

可在宋江看来，这就是属于钻牛角尖。都是非法占有，偷和抢有多大区别呢？所以他把这件事拼命劝了下来，后来还不断指使时迁帮他偷东西，一点心理负担都没有。

这就是晁盖和宋江的本质区别。晁盖相信江湖上的道义原则，觉得自己是正义的。我杀人，我放火，我抢劫，但我是个好人。这就有点像后来某些流氓的想法：我抢劫，我斗殴，我收保护费，但我不调戏妇女，所以我是个好人。

而宋江并不吃这一套。不偷东西怎么就是好人了？要当好人，招安啊！

五

晁盖和宋江的关系后来变坏了。

有人说这是由于路线之争。宋江想招安，晁盖反对。其实仔细读原著的话，就会发现并非如此。他们两人关系恶化的时候，梁山力量还不够强大，招安并没有提到议事日程上来。而且晁盖也从来没对招安表过态。这件事对他来说太遥远了，晁盖可能根本没仔细考虑过这个问题，谈不上赞成还是反对。

晁盖和宋江的矛盾，不是路线问题，而是权力之争。宋江的才能高他太多，群众基础也比他好，梁山首领一大半都是他带上山的。时间一长，晁盖就渐渐被边缘化了。发展到后来，梁山的职位安排，宋江连请示都不请示，跟吴用一商量，就直接把事情给定了。按理说，这可是牵涉到组织人事的头等大事，事关山寨的最高权力，但是"吴用已与宋公明商议已定"，晁盖连发言的机会都没有。

而且宋江也不让晁盖去打仗。每次要出征，宋江都会说："哥哥是山寨之主，不可轻动，小弟愿往！"晁盖就只能留下来看家。

那么宋江说的这话有没有道理呢？作为山寨之主，到底应不应该出去打仗？

这要看发展阶段。在最早的开创期，山寨之主必须出去打仗。打仗的过程，就是建立军事组织的过程。一把手就要靠带队打仗，培养军事干部，建立军事威信，组建军事班子。过了这个阶段，他就可以留在家里坐镇了。

在历史上我们可以看到类似的例子。比如朱元璋打天下的时候，一开始也是亲力亲为，攻打滁州，攻打南京，都是自己带兵作战。在这个过程中，他慢慢组建了自己的军事班底。等组建完成了，他就可以坐镇南京，派徐达、常遇春他们出去作战。这时，别人功劳再大也翻不了天。可如果跳过第一阶段，一上来就是徐达四处征讨，朱元璋在家待着，那他很快就会被架空。

晁盖就还没来得及完成第一阶段，直接被晾在家里，"不可轻动"了。而且这个时候，还发生了很关键的一个事情，那就是吴用倒向了宋江，抛弃了晁盖。所以，不光晁、宋关系恶化，晁盖和吴用也有点闹掰了。

宋江这么干，确实有点抢权的意思。但客观地说，他这么做难道不对吗？

我说你是山寨之主，不可轻动，那是给你留面子。真让你晁盖带兵打仗，能行吗？你看你在江州打的那个样子！那还是小战役，让你出去大规模作战，还不得死伤惨重？总不能为了你一个人的虚荣心，把兄弟们都害死吧？

可这话没法说出口，所以只能说："哥哥是山寨之主，不可轻动，小弟愿往！"

宋江的这种安排也是合理的。但问题是：一个人对自己的认知，和旁人对他的认知，是不一样的。宋江、吴用知道晁盖没有军事指挥能力，可晁盖不这么想。他只是觉得自己被压制住了而已。

憋屈的时间长了，有一天晁盖终于爆发了。

爆发的导火索是一匹马。

金毛犬段景住想到梁山入伙，带来一匹"照夜玉狮子马"做见面礼。这匹马是段景住偷来的，"雪练也似价白，浑身并无一根杂毛。头至尾长一丈，蹄至脊高八尺。一日能行千里"，结果被曾头市的人给抢走了。这匹马本身并不重要，重要的是段景住说的那番话。按他的说法，这匹马不是送给一把手晁盖的，而是送给宋江，因为"江湖上只闻及时雨大名"。

晁盖以前特别厌恶盗窃，听说偷东西就要杀人家的头，现在他好像已经习惯了，对段景住偷马倒没什么反应，但是他受不了这番话。你投奔我梁山泊，却口口声声"只闻及时雨大名"，这哪里是献马，分明是上门骂街。

但晁盖又不好发作，只能拍桌子大骂曾头市："这畜生怎敢如此无礼！我须亲自走一遭！"他要靠这次征战挽回一些威名。

宋江又摆出了那套词儿："哥哥是山寨之主，不可轻动，小弟愿往！"但这次晁盖受刺激太严重，当场反驳："不是我要夺你的功劳！你下山多遍了，厮杀劳困。我今替你走一遭！"这话说得很难听了。宋江也没办法，非要去那就去吧。

晁盖带了二十个将领，包括林冲、刘唐、阮氏三雄、杜迁、宋万、白胜。创业时期的老干部基本一个不落，除了吴用。按理说，有宋江看家，吴用作为总参谋长，应该随行。可晁盖就是不带:卖酒的白胜都带,我也不带你!你这个叛徒,跟你的宋哥哥好好在梁山待着,瞪大眼睛,看我打仗的手段!

晁盖拨马直奔曾头市,结果去了就死了。

六

晁盖之死,是《水浒传》里的一大公案。不少人都认为,晁盖是被宋江谋杀的,他并没有死于史文恭之手。射死他的,很可能是花荣。

这个说法过于阴谋论了,其实是站不住脚的。如果我们仔细对照原文看,就会明白,晁盖之死和宋江绝对无关。

当时的情况是这样。晁盖的进攻并不顺利,双方处于僵持状态。这个时候,有两个和尚来找晁盖,说自己的寺庙一直被曾家兄弟盘剥,现在愿意当向导,领着梁山军队夜袭曾头市。晁盖非常高兴。他留了一半军队给林冲,让他在外面接应,然后自己带着另一半军队出发了。结果,中了埋伏。

书上是这么说的:

> 走不到百十步,只见四下里金鼓齐鸣,喊声振地,一望都是火把。晁盖众将引军夺路而走,才转得两个湾,撞出一彪军马,当头乱箭射将来。不期一箭,正中晁盖脸上,倒撞下马来。却得呼延灼、燕顺两骑马,死并将去。背后刘

唐、白胜救得晁盖上马，杀出村中来。村口林冲等引军接应，刚才敌得住。两军混战，直杀到天明，各自归寨。

这里有一个关键点，这撞出来的"一彪军马"是从哪儿来的？会不会是宋江预先安排下的？仔细想想，就知道这绝不可能。如果宋江要谋杀晁盖，最多会派几个心腹，怎么可能派"一彪军马"？一彪军马去奉命杀自己的弟兄，这事怎么可能在梁山瞒得住？

此外还有一个关键点。晁盖中箭是在曾头市的村子里头。中箭以后他们才冲到村口，碰见林冲前来接应。宋江怎么可能跑到曾头市里头去设埋伏？这个操作完全没有可能性。

事情很简单：这里没有曲笔，没有暗示，晁盖就是被史文恭射死的。至于那支箭上刻着"史文恭"三个字，也并非欲盖弥彰。我们对此起疑，只是因为我们对古代战争不够熟悉。在那个年代，很多人确实会在箭上刻名字，这是为了战后计算功劳，并不是一件很出奇的事情。

所以说，晁盖并非死于谋杀。

金圣叹特别讨厌宋江，宋江哪怕放个屁，在他看来都是有阴谋。但就连他也没觉得宋江派人射死了晁盖，只是抱怨宋江没有积极复仇。因为金圣叹也知道，宋江根本没有这个机会。

宋江虽然没有谋杀晁盖，但晁盖死了，他肯定还是松了一口气。他和晁盖的关系早就到了冰点，所以谈不上多大的悲痛。他也没忙着给晁盖报仇，过了一年才打曾头市。而且曾头市写信求和的时候，宋江提出了一个让人吃惊的条件。不是把史文恭交出来，而是把"照夜玉狮子马"给我交出来！

就是段景住弄来的那匹倒霉马。

你杀了我大哥，我和大哥可兄弟情深，不赔我一辆宾利，这事没完！

七

如果晁盖没有死于曾头市，又会怎么样呢？

逼到最后，宋江可能还是会下手。

这不光是因为宋江心狠手辣，而是两个人的权力关系决定的。刚造反的时候，只要运气好，就算没太大能力，也可以因缘际会成为一把手。可大处境如此险恶，生死存亡系于一线，必须唯才是用，有能力的人自然会慢慢浮出水面。那么，缺乏能力的老大，往往会成为绊脚石，需要被清洗掉。

历史上有很多这样的例子。比如说隋末的时候，天下大乱，翟让率众在瓦岗寨起义，成了一把手。后来李密投奔瓦岗寨，非常能干。在他管理下，瓦岗寨的势力滚雪球一样增长，翟让就被架空了。整个过程很像《水浒传》里的宋江和晁盖的故事，但是翟让并没有像晁盖那样战死沙场。于是，矛盾就不可避免地激化起来，最后李密就杀死了翟让。

这的确很残酷，但双方确实也很难有别的选择，因为大家都没有退出的机制。

就拿晁盖来说，他被架空其实没什么不对。大家造反又不是为了给晁盖一个人卖命，既然你没有能力，当然应该靠边站。但问题是靠边站以后，晁盖怎么办？

理论上来说，他有两条出路。

第一条出路，就是和宋江换个位置。宋江刚上山的时候，这条出路是存在的。如果晁盖坚决让位，宋江也接受了，那么问题可能就解决了。回过头来看，这是晁盖能活下来的唯一机会。晁盖确实也让了，但态度并不坚决。而宋江也不敢接受，表态说"如此相让，宋江情愿就死"。站在宋江的角度看，一上山就抢人家的老大位置，名声确实也不好。

于是，这个机会大门就关闭了。两个人的地位关系一旦确定下来，想再反过来就难了。

晁盖并不特别恋权。如果宋江一上山就接班，当他的领导，晁盖多半也能认可。可已经领导了宋江一阵子，再变成人家的手下，这在心理上就难以承受了。在中国传统文化里，这样的事情本身就是违反伦理的。名分没确定的时候，怎么安排都可以。可一旦确定，君臣怎么能易位呢？这对晁盖来说，几乎是一种人格羞辱，他很难接受。所以晁盖只在一开始提出过让位，后来再也没提过。

而且不光晁盖接受不了，宋江也难以接受。老领导天天坐他旁边,听他发号施令,宋江心里头也别扭,双方还是会越闹越僵。还是拿瓦岗寨做例子。翟让被架空以后,也曾积极自救。他比晁盖还能忍,真的把位置让给了李密,从一把手变成了二把手。

那还是不行。让位以后,双方都不自在,翟让总觉得李密欺负人,李密总觉得翟让不甘心。手下又各有一帮势力煽风点火,双方猜疑越来越多。闹到最后,李密还是下了狠手。

所以晁盖和宋江换位置这条路很难走得通。那么还有第二条出路,就是让晁盖成为精神领袖供起来,不让他管事。这就像日本历史上的解决方案,天皇当傀儡,将军开幕府。可是这个方案在日本行得通,在中国却行不通。

从秦始皇以后,中国文化里就没这个传统。我们是非常现实的民族,治统必须建立在力量的基础上,权力和地位高度一致,根本没有"虚君"的位置。毫无权力的一把手是活不下去的,迟早会被干掉。所以晁盖的这条路也被堵死了。

他就没有出路。

八

晁盖和宋江的关系本来非常好。宋江救过晁盖,晁盖也救过宋江。人都是感情动物,他们之间肯定有一份温情在。但是权力格局把他们逼到了死胡同,剥蚀掉他们之间的感情,逼着他们互相憎恨。

晁盖是有恨意的。所以他临死的时候,才会给宋江出一个大难题:"贤弟保重。若那个捉得射死我的,便叫他做梁山泊主。"宋江这辈子,就打翻过一个阎婆惜,听到晁盖这话,心里肯定一哆嗦。

晁盖这话相当自私。谁都知道,宋江是梁山泊最合适的领导人。他接班天经地义。梁山泊又不是你一人的私产,凭什么抓住你的仇人,就能当梁山泊主?李逵要是抓到了,怎么办?

晁盖当然也知道这样做不对,也知道这遗嘱不见得会被执行,但是他忍不住——他就是想给宋江出个难题。

愤怒压抑得太久,临死前也要恶心宋江一下。

这个时候,不知道晁盖会不会想到王伦。所有人都骂王伦嫉贤妒能、心胸狭隘,但是站在晁盖的角度想一想:王伦真的错了吗?

不过晁盖还是幸运的。

他一生轰轰烈烈,最后沙场中箭,生荣死哀。如果他没有死,陪宋江一直走到故事的尽头,到时候,两人躲无可躲、避无可避,只能图穷匕见,那时晁盖又会做何感想?

说到底,站在权力巅峰的人,面对命运并没有选择的余地,有时候只能闭着眼走向悬崖。因为权力的山峰上,没有下山的道路。

天伤星
行者武松

行者武松

地伏星
金眼彪施恩

金眼彪施恩

武松：世界以痛吻我，我则报之以刀

一

我在前面的文章里说过，《水浒传》里有几个人物的性格特别复杂，其中之一就是武松。他的性格里既有光明的一面，也有黑暗的一面，混杂了很多矛盾之物，充满了张力。在这方面，他跟鲁智深截然不同。鲁智深的个性是舒展的，而武松整个人则是紧张的，总给人一种拧着劲儿的感觉。

也正因为武松的性格比较复杂，读者往往对他有很多误解。比如最常见的一个误解，就是觉得武松行侠仗义，喜欢抱打不平。实际上完全不是那么回事。行侠仗义、抱打不平，那是鲁智深干的事儿，武松一次都没干过。

要说救人，武松只在"夜走蜈蚣岭"的时候救过一个女人。但那也不是他想救人，而是为了"试刀"。

张青刚送了他两把戒刀，武松走到蜈蚣岭的时候，偶然瞥见一个老道搂着女人说笑，心头一动，觉得："刀却自好，到我手里不曾发市，且把这个鸟先生试刀！"于是就过去敲门。一个道童来开门，武松不问青红皂白，大喝一声："先把这鸟道童祭刀！"咔嚓一刀，把道童的头给砍下来了。

接着，武松才和老道交手，把他也杀了。

这个女人是被老道掠来的，现在得救了。可那个道童也是被老道掠来的，怎么就莫名其妙被祭刀了呢？

武松这么干，当然不是为了行侠仗义。这段故事发生在"血溅鸳鸯楼"之后不久，武松还没有从愤恨状态中走出来，心头依然有杀人的冲动。蜈蚣岭的老道和道童，只是运气不好，撞上了他的这股邪火而已。

武松并非行侠仗义之人。但话说回来，他也没有理由行侠仗义。

武松跟鲁智深、林冲他们都不一样。武松是彻彻底底的草根阶层出身，而且是最底层的草根。

武松很小就没了爹妈，跟着哥哥武大郎过日子。武大郎又是个侏儒，"清河县人不怯气，都来相欺负"。这也不奇怪，自古以来，最底层往往都是那个样子，弱肉强食，相当残酷。武松在这个环境里长大，很难对世界抱有太大的善意。

看到弱者被欺凌，鲁智深会忍不住冲上去打抱不平，林冲也会掏俩钱帮帮忙，可武松对此是无感的，你被欺负是你没本事，关我何事？！这也不能怪武松心狠，他从小到大见到的世界就是这个样子。当年哥哥被人欺负的时候，谁又帮过他们呢？最后还不是靠武松的一双拳头，打得没人敢来找麻烦？

泰戈尔说过："世界以痛吻我，我也要报之以歌。"

武松要是听到这句话，肯定会嗤之以鼻：凭什么？

是啊，凭什么？

二

武松心肠很硬，并不在意别人的死活，也不会去管这些闲事。只要你对我好，你就是好人，其他的事情跟我没关系。

比如他在孟州的时候，就是这样。

武松杀死潘金莲、西门庆以后，被发配到了孟州。《水浒传》描写过好几个监狱，孟州牢房是其中最恐怖阴森的一个，简直像个活地狱。

孟州犯人的日子真是暗无天日。"那没人情的，将去锁在大牢里，求生不得生，求死不得死，大铁链锁着，也要过哩！"要是被管营盯上，那就更完蛋了。囚徒们说："他到晚把两碗干黄仓米饭和些臭鲞鱼来与你吃了，趁饱带你去土牢里去，把索子捆翻，着一床干藁荐把你卷了，塞住了你七窍，颠倒竖在壁边，不消半个更次便结果了你性命。这个唤做盆吊。""再有一样，也是把你来捆了，却把一个布袋，盛一袋黄沙，将来压在你身上，也不消一个更次便是死的。这个唤土布袋压杀。"

管营是谁呢？施恩的父亲是"老管营"，施恩是"小管营"。

盆吊和土布袋,就是施恩父子虐杀囚徒的刑罚。所以说,这两个人根本就不是什么好东西。

但是施恩父子对武松很好,把他从大牢直接送到精致的单间里,干干净净的床帐,新安排的桌椅板凳,每天还好吃好喝地供着武松。今天鱼羹、煎肉,明天熟鸡、蒸卷儿,变着花样地给他做饭。

施恩讨好武松,并不是为了交朋友,而是要利用他当打手。孟州东门外有一片地方叫"快活林"。施恩"一者倚仗随身本事,二者捉着营里有八九十个弃命囚徒",成了那里的黑社会老大。"快活林"的客店、赌场都要向他交保护费,就连外地来的妓女,也必须先过来参拜施恩,这才允许营业。这样下来,施恩每个月能赚二三百两银子。在当时,这是很大的一个数字了。

施恩在监狱里草菅人命,在"快活林"欺行霸市,属于典型的恶霸。但是在施恩父亲嘴里,完全是另外一个版本,"愚男原在快活林中做些买卖,非为贪财好利,实是壮观孟州,增添豪杰气象",弄得好像孟州老百姓应该给施恩送锦旗似的。

后来另一个官员张团练也想"壮观孟州,增添豪杰气象",自己不好出面,就找了个打手蒋门神,把施恩一顿痛殴,赶出"快活林"。施恩无计可施,正好碰上武松发配到自己的牢房,这才开始收买武松,让他帮自己夺回地盘。

武松马上就接受了这番好意。他完全知道孟州牢房的黑暗恐怖,但并未因此对施恩父子有任何负面看法。老管营提议让武松跟施恩结拜，武松并没有说"他是猪，我不要理他"。相反，武松说得很谦虚："如何敢受小管营之礼？枉自折了武松的草料！"最后两人还真的拜了四拜，结为异姓兄弟。

武松当了施恩的打手，帮他抢回了"快活林"。而且比较搞笑的是，武松也学会了老管营那套。明明是黑吃黑的事儿，他非要拔个高度："我平生只要打天下硬汉，不明道德的人！"都是抢，蒋门神怎么就不明道德，施恩又怎么就明道德了？

蒋门神是抢占了"快活林"，可他好歹还是靠自己拳脚，施恩靠的却是"八九十个弃命囚徒"，那些囚徒为什么弃命？不弃命，施恩就会在牢房里要了他们的命。要这么说起来，施恩比张团练和蒋门神更狠毒。

施恩重霸"快活林"以后，收入比以前更增加了百分之三五十。施恩对武松感恩戴德，把他"似爷娘一般敬重"。武松说什么是什么。可是武松从没提过犯人被凌虐的事情，也没劝施恩手下留情。

孟州牢房里，该盆吊还是盆吊，该土布袋还是土布袋。

其中的原因也很简单，武松觉得那些犯人死不死，活不活，关我什么事儿？施恩爱弄死谁弄死谁，只要对我不错就行。

对我不错，那就是好人。

关于这一点，还有一个很明显的例子，那就是在十字坡。

孙二娘两口子在十字坡开了个黑店，专门谋财害命，把来往客商麻翻了，剁成包子馅。黑店里面有个人肉作坊，"壁上绷着几张人皮，梁上吊着五七条人腿"。武松在人肉作坊里和孙二娘他们谈笑风生。

等两个解差醒过来以后，武松还替孙二娘两口子表白："你休要吃惊，我们并不肯害为善的人。"

不肯害为善的人，那梁上吊着的人腿难道都是坏蛋的？孙二娘剥皮前也没核查他们的人品啊，她就关注个肥瘦。

其实武松就是随口一说。孙二娘他们害不害为善的人，武松根本不在乎。来往客商死不死关我什么事儿？孙二娘爱剥谁的皮剥谁的皮，只要对我不错就行。

非要找出一条逻辑的话，那大致应该是这个样子：我当然是好人，他们两口子没有害我，就说明他们并不肯害为善的人。

我们可以称之为"武松逻辑"。

武松对别人的死活相当冷漠。相比之下，林冲就显得善良温情了很多。《水浒传》里一个小人物，叫李小二。他在东京的时候，偷了店主人的钱，被捉拿到官府。林冲主动出面，替他赔钱，帮他说情，还送了他一笔盘缠回老家。武松就从没干过这样的事儿。

这说明林冲本性就比武松更好？倒也不是，说到底还是处境的问题。

林冲倒霉之前，属于顺风顺水的中产阶层，世界对他充满了善意。那他对世界也容易还以善意。他既有做好事的心情，也有做好事的资源。可武松不行。他是最底层的草根阶层。对他来说，世界如此狰狞，能活下来就很辛苦了，没有心情对世界报以什么善意。

自己的死活从没被在乎的人,又怎么会在乎别人的死活?

我们可以指责武松不如林冲厚道,但武松见到的那些残酷,林冲这样的中产阶层又哪里见识过呢?

三

但是,我们并不能说武松没有自己的道德标准。相反,他对自己的道德要求很高。

《水浒传》里有一个很容易被忽略的细节,那就是武松特别爱"洗漱",几乎每出场一次,就要"洗漱"一次,比例远远超过其他人物。洗澡的次数也多,武松在孟州牢房的时候动不动就要洗澡。

而且,武松也很讲究穿着,不是"鹦哥绿纻丝衲袄",就是"新纳红绸袄",就算穿土色布衫的时候,腰里也要系一根"红绢搭膊"。他就很少有邋遢的时候。在《水浒传》那帮糙汉里头,武松算得上有洁癖了。

而且他的洁癖不光表现在身体上,也表现在精神上。

潘金莲勾引他的时候,一般人可能拒绝掉就算了,可武松大发雷霆,说:"武二是个顶天立地、噙齿戴发男子汉,不是那等败坏风俗、没人伦的猪狗!"这话可不是随便说说,其中就包含着武松对自己的真实期许。

在十字坡的时候，武松也有说过类似的话。

武松并不在乎孙二娘他们杀不杀人，因为那些人和他无关。但是当孙二娘建议干掉两个解差的时候，武松坚决不同意，而且还上升到了天理的高度："两个公人于我分上，只是小心，一路上伏侍我来，我跟前又不曾道个'不'字。我若害了他，天理也不容我！"

武松给人的感觉总是像一张绷紧的弓。"天理也不容我"，这句话里也有一种道德上的紧张感。鲁智深和林冲都不会这么说话。

所以说，武松的道德感是很强烈的。只不过他的道德里面，不包括同情和善良，也不包括尊重生命。如果你是陌生人，死在他面前，他也不见得会多瞅你一眼；但如果你是他朋友、亲人，他会豁出命来保护你。

如果武松碰到落难的李小二，可能理都不理。但反过来说，如果林冲的哥哥被人毒死了，林冲会那么果决地摆灵堂，割人头吗？

我相当怀疑。

中产阶层出身的林教头，和底层草根出身的武都头，他们的道德标准是不一样的，而他们处理事情的决绝程度，也是不一样的。

武松的道德感是浓烈的，但是只局限在很小的圈子里，因为生活经验告诉他，只有这个小圈子才有意义。跨出这个小圈子，可能就是黑暗，就是残酷，就是弱肉强食。而林冲看待世界的方式没有这么激烈。他的道德感可以泛滥到小圈子之外，范围比较广，但是这样一来，情感的浓度也就被大大稀释了。

四

武松身在底层摸爬滚打多年，对江湖那一套非常熟悉。鲁智深也跑江湖，武松也跑江湖，结果鲁智深到了十字坡黑店就被麻翻了，差点被大卸八块；而武松一到十字坡就识破了孙二娘的花招，轻松把她制服。武松确实非常敏锐，有江湖人士的生存本能。

不过，武松并不反社会，而且对官府有一种发自内心的向往。武松自尊心很强，说话的时候总是有一股豪气，但他一旦遇到官员的时候，态度马上就会变得非常谦恭。

他打死老虎之后，阳谷知县让他当都头，武松跪谢道："若蒙恩相抬举，小人终身受赐。"

施恩的父亲请他吃饭，武松唱喏道："小人是个囚徒，如何敢对相公坐地？"对方请他不要客气，武松还要先"唱个无礼喏"，方才落座。

他后来见到了张都监，先是拜见了人家，然后叉手立在侧边，非常规矩。张都监让他做亲随，武松马上跪下称谢："若蒙恩相抬举，小人当以执鞭坠镫，伏侍恩相。"

每到这个时候，武松总是口齿伶俐，很会来事，从不放过任何一个进入官府、往上爬的机会。对官员这个身份，他确实充满了渴望，一旦拥有了，又非常自豪。

这种渴望甚至成了武松的软肋。

抢回"快活林"之后，张都监设计陷害他，武松毫无戒备，一头扎了进去。其实武松本来是个很机警的人，猜疑心非常重。比如在景阳冈的时候，店家好心好意提醒他，说冈上有老虎，不能过去。他的第一反应就是不相信："你留我在家里歇，莫不半夜三更要谋我财，害我性命，却把鸟大虫唬吓我？"等他到了景阳冈下，看见树上写着两行字，提醒路人前方有老虎，武松还是猜疑："这是酒家诡诈，惊吓那等客人，便去那厮家里宿歇！"

疑心病如此重的武松，到了张都监这儿，怎么就一点怀疑都没有呢？

说到底，还是太渴望进入体制了，太渴望被领导提拔了。对于武松这样的底层草根来说，这个诱惑力实在太大，根本就舍不得猜疑。

一旦有进入官府的机会，武松干起活来就像头小毛驴一样。我们可以拿他和林冲做个比较。林冲上班的时候非常散漫，说不上班就不上班，说出去喝酒就出去喝酒。武松就不一样。他当都头的时候，"每日自去县里画卯，承应差使"，大雪天气也不肯偷懒，一大早就去当差，直到中午还不回家，害得潘金莲一通好等。

这就是珍惜啊。中产阶层习以为常的岗位，对于底层草根来说，就是千载难逢的机遇。林冲顺风顺水就当了禁军教头，而武松要活活打死一只老虎才当上都头，弄了一个县衙的编制，他怎么能不珍惜呢？

而且武松也懂得潜规则，很会给自己捞好处。张都监抬举他的那一阵，"但是人有些公事来央浼他的，武松对都监相公说了，无有不依。外人都送些金银、财帛、段匹等件，武松买个柳藤箱子，把这送的东西，都锁在里面"。

你看，武松也很会官场这一套嘛。武松要是一直干下去的话，还真能在官府里混得不错。

可他最后还是倒了霉。

他倒霉是因为卷入了高层斗争。施管营和张团练两股势力都想染指"快活林"，垄断孟州的黑道收入。武松就是他们斗争的工具，冲在前头的工具当然容易出事。

这个道理武松懂吗？可能懂，也可能不懂。但懂不懂并不重要，因为他没得选。

施恩找上门的时候，武松要是说："我不愿意惹事，劳驾找别人吧！"那当天晚上他可能就被施恩"盆吊"了。纵然他天生神力，面对牢房里系统化的暴力，也是没有办法抵抗的。

武松没后台，没人脉，只有打架的能力。这是他唯一的资本。高层赏脸让你当工具，已是给你一个改变人生的机遇了，你有什么资格挑三拣四？

所以，武松就算懂得明哲保身的道理，也没有办法。他要活下去，就只能冲在前头，当别人的工具。

五

张都监对武松非常好，又是宴请，又是提拔，"把做亲人一般看待"，甚至还表示要把养娘玉兰许配给他。武松非常感激，毫不保留地相信了他。结果，忽然之间图穷匕见，张都监撕下了面具，把他给陷害了。

在此之前，武松也有过一次人生低谷。他替兄复仇，吃了官司，从都头变成了囚犯。但无论如何，那毕竟还是武松自己的抉择，抉择的时候他也知道自己会付出什么代价，所以那次打击并没有摧毁他的信念。可是这一次完全不同，从头到尾就是一场骗局。自己上当了，受骗了，被冤枉了。对方甚至赶尽杀绝，还要在飞云浦上要他的命。

武松夺刀反杀，然后站在飞云浦的桥头，不知何去何从。这个时候，施耐庵用了短短的一句话，写出了惊心动魄的效果，武松"提着朴刀，踌躇了半晌，一个念头，竟奔回孟州城里来"。

没有任何渲染，却渗透了冰冷的恐怖感，这就是文字上的大手笔。

站在桥上，武松到底想了些什么？我们不知道。但是这一刻，他心灵里的某些东西一定是坍塌掉了。因为他奔回孟州之后，就是"血溅鸳鸯楼"。

在此之前，武松下手狠，心肠硬，但并没有滥杀过无辜。可是在鸳鸯楼，他一口气杀了十五个人。从张都监、张团练，到用人、丫鬟，见一个杀一个。就连张都监答应许配给他的玉兰，也被他一刀"心窝里搠着"。

杀人不算，还要割头。武松弯下腰要割张都监夫人的头，却发现割不下来。武松在月光下一看，刀都被砍钝了。他换了把朴刀，接着杀。直杀到一片尸身，无人可杀之时，武松才停下手来，说了一句："我方才心满意足！"

这是一段极其凶悍的文字，血腥之气力透纸背。古代人读到这一段也觉得过分。李贽点评时，就不住口地说："恶！……恶！……恶！只合杀三个正身，其余都是多杀的！"

是恶。但是武松顾不上了。世界对他太狠，那他对这个世界也就加倍的狠。而兽性一旦爆发出来，就血淋淋的不可逼视。

我们读古代史书的时候，会读到很多来自底层的杀戮。饥民一旦暴动，抓到敌人往往就用骇人的酷刑折磨死，动不动还要把他全家斩尽杀绝。我们很容易有一种感慨：何至于此呢？何至于此呢？

其实那就是"血溅鸳鸯楼"的大规模翻版。

世界以痛吻我，我则报之以刀！

现代翻拍《水浒传》电视剧的时候，没有哪个导演敢完全忠实于原著，把这段情节原封不动地演出来。因为现代人的道德观无法接受这样的残酷。时代变了，今天的我们已经很难理解武松的那种狂野冲动：

你们既然不把我当人，那我就当个野兽给你们看看！

六

但是有一件很奇怪的事情，在"大闹飞云浦"之后，武松虽然野性发作，肆意地暴力杀人，但是他对官府依旧保持着仰视的态度。他再反社会，还是忍不住尊敬官府。

在鸳鸯楼杀人之后，武松开始逃亡，结果在路上睡着，被人捆了起来。这个时候，武松的脑子里闪过的第一个念头，竟然是："早知如此时，不若去孟州府里首告了，便吃一刀一剐，却也留得一个清名于世。"

哪怕在这个时候，武松依旧觉得法律是庄严的，跑路是可耻的。官府把自己杀了剐了，只要是自首，那也算留下一个"清名"。武松还是在跟自己较劲，还是有那种紧张的矛盾感。如果换上鲁智深，就绝对不会有这种想法。

而且武松还盼着有一天能被洗白。

大家都知道宋江天天盼着招安，可这本书里最早提到"招安"二字的，不是宋江，而是武松。武松在逃亡路上碰到了宋江。他对宋江说："武松做下的罪犯至重，遇赦不宥，因此发心，只是投二龙山落草避难。……天可怜见，异日不死，受了招安，那时却来寻访哥哥未迟。"这话不是随口敷衍，武松真的是希望有一天被招安，重新得到官府的认可。

他想当都头，想当亲随，想当心腹，想做领导的好工具。努力干下去，有朝一日就能像林冲那样，成为稳定的朝廷官员。换句话说，林冲的起点，就是武松这些底层草根梦想的终点。

可是对武松来说，这条路实在太难了，随时可能断裂为刀剑林立的深渊。

武松到了二龙山之后，和鲁智深、杨志搭档，成了绿林首领。他的戏份从此就变少了。但戏份虽然少了，但我们还是能发现，他的精神世界发生了很大变化。

这个变化主要就是放弃。

首先，他放弃了招安的想法。宋江写了一首《满江红》，让乐和来演唱。唱到"望天王降诏早招安，心方足"时，武松第一个爆发起来："今日也要招安，明日也要招安去，冷了弟兄们的心！"

武松为什么会有这个变化？不知道。也许是受了鲁智深的影响，也许是自己想通了。但不管是什么原因，反正武松放弃了自己长久以来的梦想。

然后是打仗，打仗，打仗。

武松替梁山立过很多战功，征辽时诛杀耶律得重，征田虎时诛杀沈安，征方腊时诛杀方貌和贝应夔。但最后在睦州城下，武松被人砍中了左臂，疼得昏了过去。鲁智深救了他。等他醒过来的时候，看到手臂"伶仃将断"，就抽出戒刀，自断其臂。

《水浒传》给人物的结局，往往都有强烈的象征意义。鲁智深的端然圆寂，象征着他的解脱；林冲的风瘫，象征着他的隐忍和塌陷；而武松的自断其臂，则象征着他的放弃。

战争结束后，武松果然放弃了世俗世界，决定留在杭州做个清闲道人。宋江和武松关系一直非常好，但此时看他已经成了废人，也没有多挽留，只说了一句"任从你心"。宋江的淡然，也许是绝情，也许是明白这个选择是武松最好的归宿。但无论如何，他们的友情终结了。

陪着武松的，只有林冲。林冲得了病，最后半年都是武松照顾的。这两个人，来自不同的阶层，最后走到了同样的终点。一个风瘫，一个断臂，在六和寺里孤寂相对。中产也好，草根也好，面对强大的命运，终究都是风中草芥。

林冲很快就死了，但武松却活到了八十岁。他的后半段是平静的，平静的代价就是舍弃。他切断了自己杀人活人的臂膀，再也成不了别人的工具，也就切断了所有的执念。

他不再是知县的都头，不再是施恩的打手，不再是张都监的心腹，也不再是宋江的兄弟。

他只是一个独臂人。

《水浒传》里说，他是天伤星。

天杀星
黑旋风李逵

黑旋风李逵 性柔者跌

李逵：野兽有野兽的价值

一

《水浒传》在古代有几个重要的点评本，比如李贽的容与堂百回评本、袁无涯的百二十回评本、王望如的《评论出像水浒传》七十回本，余象斗的一百零四回简本，当然还有最著名的金圣叹的《第五才子书》七十回本。

这些评本里，对其他人物多有分歧，你说好，我说坏，但是碰到李逵这个人物，所有人都交口称赞。

袁无涯说李逵"人品超绝，真义士，真忠臣"。

余象斗说李逵"义义凛凛，人莫能方"。

金圣叹说李逵"是上上人物，写得真是一片天真烂漫到底。《孟子》'富贵不能淫，贫贱不能移，威武不能屈'，正是他好批语"。

李贽说得更夸张，说李逵是梁山泊第一尊活佛。

用现代人的眼光看，这样的评论简直是神经病。只要认真读过原著，我不相信哪个现代读者会发自内心地喜欢李逵。如果你读完《水浒传》，对李逵还非常欣赏，那你一定是跳着读的，在某些段落你没有真正停留。

如果把书从头到尾仔仔细细读一遍，就会发现，李逵实在太像个野兽了。

后来翻拍《水浒传》电视剧的时候，导演们都对李逵的形象做了温和化的处理，肥腻有余，凶悍不足。反倒是早期的央视版《水浒传》保留了一些李逵的野性气息，但还是大大地淡化了。原著里的李逵，恐怖程度至少是央视版的十倍。

他最突出的特点就是嗜杀。对杀人，他好像有一种狂热的冲动。比如在江州劫法场的时候，他"火杂杂地轮着大斧，只顾砍人"，砍的多是江州的老百姓。晁盖都看不下去了，在那儿喊："不干百姓事，休只管伤人！"

李逵不管，就是挨个砍。一路砍过去，从法场砍到了江边。

再比如说扈家庄。

扈家庄已经投降了，扈成捆着祝彪往宋江这儿送。李逵见了，抡着斧子过来就砍，砍了祝彪就要砍扈成。他不知道人家投降了吗？扈成前两天专门到梁山来纳降过，李逵也知道。那不管，就是要杀。接着他跑到扈家庄，把人家男女老少杀了个精光，不留一个。

再比如说回家取母，路遇李鬼的那次。

当然，他杀李鬼是事出有因，虽然手法残暴，还属于情有可原。可后来的杀人就毫无道理了。李鬼的老婆告发了他，李逵被人捉住。在路上，朱贵用蒙汗药麻翻了众人，救了李逵。李逵得救以后，第一件事就是杀人。

设计举报他的仇人，当然杀掉；押解他的三十来个兵丁，躺在地下动弹不得，李逵一个个拿刀搠死；旁边的猎户，也挨个搠死；就连周围看的人，李逵也要追上去全部砍死，"直顾寻人要杀"。后来还是朱贵拦着他，大喝："不干看的人事！"这才把他劝住。

李逵不光杀外人，梁山自己人也被他杀过。

韩伯龙刚刚投靠梁山，当了朱贵的下线，在山脚下开了一家酒店。李逵去吃了一顿。三角酒，二斤肉，吃完了就走。韩伯龙不认识李逵，拦着他要钱。

李逵拿出斧子，说："我把斧子押给你吧！"韩伯龙实心眼，伸手来接，被他一斧子砍在面门上。

然后，李逵把值钱的东西掳掠一空，将饭店一把火烧了。

李逵为什么这样不停地杀人呢？原因也很简单，就是单纯的喜欢。李逵经常说："吃我杀得快活！"从杀人里，他能体会到一种巨大的快感，多少有点类似于正常人类的性快感。

所以书里对李逵杀人的描写，跟其他人完全不同。比如武松在鸳鸯楼杀人，也很残酷血腥，但那是出于一种愤恨。武松是太愤怒了，杀人是情感上的一种爆发、一种宣泄。对武松来说，这是反常之事。可是李逵杀人的时候，你感受不到愤怒，文字里只有一种兴奋感。

武松杀人的时候是愤怒的，而李逵杀人的时候是喜悦的。

李逵不光杀人，而且还吃人。说到这儿，顺便说一句，其实《水浒传》里除了李逵，还有几个吃人的，比如说清风山的燕顺、王英和郑天寿。他们捉到宋江以后，打算拿他的心肝做醒酒酸辣汤喝。而且清风山的小喽啰们做这种汤都做出经验来了，知道先往人心口泼点凉水，因为"但凡人心，都是热血裹着，把这冷水泼散了热血，取出心肝来时，便脆了好吃"。从这里就能看出来没少做，而且燕顺他们也绝不止于喝汤，心肝本身也是要吃的。

除了燕顺他们以外，还有一个"火眼狻猊"邓飞，有点疑似吃人。为什么说疑似呢？因为邓飞刚出场的时候，作者为他写过一首诗：

原是襄阳关扑汉，江湖飘荡不思归。
多餐人肉双睛赤，火眼狻猊是邓飞。

从这里看，邓飞好像吃过很多人，眼睛都吃红了。但是仔细推敲的话，这首诗是有歧义的。"多餐人肉双睛赤"有可能不是形容邓飞本人，而是形容"火眼狻猊"这个外号的。狻猊是神兽，外形很像狮子，能食虎豹，当然也吃人。吃人多了，也许眼睛就红。

所以施耐庵写了这句诗。而邓飞只是绰号"火眼狻猊",未必就吃过人。

无论如何,不管是燕顺他们,还是邓飞,《水浒传》里都没有正面描写过他们吃人,虚笔带过而已。可是施耐庵却细细渲染过李逵吃人的细节:

> 李逵盛饭来,吃了一回,看着自笑道:"好痴汉!放着好肉在面前,却不会吃!"拔出腰刀,便去李鬼腿上割下两块肉来,把些水洗净了,灶里扒些炭火来便烧,一面烧,一面吃。

读到这一段的时候,金圣叹的评价是"绝倒",就是咱们说的"笑死了";而李贽的评价是"好下饭"。

在现代人看来,这种评价真是难以想象。

其实也不止这一段。在其他有关李逵的情节里,他们两位的点评也很让人吃惊。

比如扈家庄被灭门,男女老幼被李逵杀了个干净。李逵因此挨了宋江的骂,却高高兴兴地说:"虽然没了功劳,也吃我杀得快活!"

对于此事,金圣叹评论道:"快人快事快笔!"

李贽评论道:"妙人妙人,超然物外,真是活佛转世!"

这真的很奇怪。李逵干了如此畜生的事儿,这些文人还这么交口称赞,这是为什么呢?

二

这就牵涉到某类传统文人的独特心理了。

古代文人里,有一类可以被称为"才子",金圣叹就属于其中的典型。他们对是非善恶并不太执着,对别人的生死苦乐也不太在乎。对他们来说,最要紧的是有趣。

比如说小姑娘掉水里淹死了,这件事就很有趣,才子就会写诗说:"谁家女多娇,何故落小桥?青丝随浪转,粉面翻波涛。"

李逵拿着斧子把男女老少全部杀光,一地死尸,这件事也很有趣,他们就会评论说:"快人快事快笔!"

至于那些被杀掉的人是什么样子,他们想都没想过是什么惨状的,他们是不在乎的。

李贽对此也有过辩解,他说写书又不是过日子,"天下文章当以趣为第一",其他的不用管。这个说法当然也有道理,但问题在于,什么叫有趣?扈家庄被斩尽诛绝,为什么金圣叹读到此处会觉得有趣?就像看到小姑娘被淹死的尸体,才子又为什么会觉得有趣?道德和逻辑是反思后的结果,趣味却是根源于情感直觉,反而最能说明一个人真实的心理状态。

而且,李贽的这种辩解也有不尽不实之处。他盛赞李逵,并不完全是出于个人趣味,而是跟他的价值判断有关。

李贽和金圣叹赞美李逵，有一个最重要的理由，就是觉得他"真"。用李贽的话说，这就是有"童心"。一个人凭着本能行事，不假矫饰，就是童心，就是真心，就可以是活佛，是圣人。

但问题是野兽也是凭着本能做事的。变态杀人狂也是凭着本能做事的。

这一点却被他们忽略了。

才子在文字堆里打滚，对虚伪和矫饰比较敏感，所以他们往往会有一种幻觉，那就是天下最坏之事无过于虚伪。真小人胜过伪君子。其实这是一种巨大的认知错误。他们错识了人心，也错识了文明。

文明进化的过程，也一定是把大批真小人转变成伪君子的过程。虚伪也是文明社会的一道防护栏。我不能铲除心中的恶念，但依旧以恶念为羞，不敢让人知道，这就好过不知善恶。

人性中有黑暗的东西。对这些黑暗的东西，文明不得不去压抑。这个过程一定会有虚伪产生，但是它也好过全然的放纵。就像李逵这样的人，他的天性比较接近于纯真之野兽。文明会压抑李逵的天性，让他不那么真，但也没那么恶。

而有些文人会有极端化的倾向：金子如果不是真金，那还不如狗屎；善如果掺假，那就不如真恶。

这种想法真是彻头彻尾的愚蠢。

李贽他们觉得李逵杀人有趣，还有一个重要的原因，那就是他们对暴力缺乏感知。

才子只有写字的本领，没有杀人的本领。但越是没有杀人的本领，越是会幻想这类事情。自己可能连引体向上都做不了，但是看到李逵把人"一斧砍做两半，连胸膛都砍开了""割下两块肉来"，就觉得亢奋。

现实的血被文字的墨冲淡了，暴力就变成了一种游戏。但实际上，暴力不是游戏，它在现实中可以非常非常恐怖。

李贽生活在太平时代。金圣叹虽然活在明清易代之际，但也没有亲身经历过屠杀，所以他们对暴力缺乏真实体验，看李逵杀人只觉得有趣。

倒是像王夫之那样的人物，颠沛流离，九死一生，才会坚定地认为：杀人就是不对的，吃人就是不对的。没有什么童心，没有什么天真。仁暴之辩，就是人兽之辩。

如果让王夫之评点《水浒传》，他会毫不犹豫地断定：杀人一点不好玩，一点不有趣，李逵就是个野兽。

三

李逵刚出场的时候，戴宗向宋江介绍他的为人："专一路见不平，好打强汉，以此江州满城人都怕他。"可实际上，这个评价并不准确。李逵自己就欺负人，就在制造不平。

比如他跟宋江在浔阳楼喝酒的时候，想吃牛肉，酒保说了句："小人这里只卖羊肉，却没牛肉，要肥羊尽有。"李逵听了，就把鱼汤劈脸泼过去，淋了那酒保一身。酒保忍气吞声，也不敢说什么。要顶嘴肯定挨揍。

过了一阵，有个姑娘过来卖唱，宋江他们都专心听歌，影响到李逵吹牛了，只见"李逵怒从心上起，恶向胆边生，跳起身来，把两个指头去那女娘子额上一点，那女子大叫一声，蓦然倒地。众人近前看时，只见那女娘子桃腮似土，檀口无言"。

这样的事儿后来还发生过很多。比如李逵和戴宗在小饭店打尖，因为等的时间长了，李逵破口大骂，使劲一拍桌子。对面老头正在吃面条，李逵这一拍，把面都泼翻了，溅了老人一脸热汁。老人过来理论，"李逵捻起拳头，要打老儿"。

无论是酒保、卖唱女，还是吃面条的老头，都不是什么强汉，也没主动招惹他，李逵照样要打人家。什么叫路见不平？李逵干的这些事儿，本身就是不平。

但在李逵看来，这些事情可能都不是问题。我看你不痛快，就要收拾你，咋地？什么扶弱锄强，你弱是你无能！

《水浒传》里有一段关于李逵的闲笔，叫《李逵寿张乔坐衙》。李逵跑到寿张县，抢了县衙，穿上官服皂靴，非要审官司。衙役们没办法，就找两个人假装打架，让李逵来审案子过官瘾。

张三说：相公可怜见，李四打我。

李四说：张三先骂我，我才打他的。

李逵说：李四能打人，是好汉，把他放了。张三这个不长进的，怎的吃人打了？与我枷号在衙门前示众！

虽然是个玩笑，但这就是李逵的逻辑：什么平不平的？什么有理没理的？被欺负就是你没本事，活该。窝囊成这样，我碰见了还要再补一脚呢！

说到这儿，可能有读者会觉得不对。因为李逵确实也曾打抱不平，而且态度还特别激烈，比如说李逵"负荆请罪"那一次。

有人冒充宋江，抢走了刘太公的女儿。李逵听了以后，回到梁山泊，睁圆怪眼，拔出大斧，先砍倒了杏黄旗，把"替天行道"四个字扯得粉碎。这还不算，他抢着斧子，抢上堂来，就要砍宋江。

被人拦住以后，李逵破口大骂："我当初敬你是个不贪色欲的好汉，你原正是酒色之徒！杀了阎婆惜，便是小样；去东京养李师师，便是大样！"

这样看，好像比鲁智深更有正义感。鲁智深在桃花庄也碰到过一个刘太公，也是有人要抢他女儿。鲁智深虽然摆平了这件事，但也没有像李逵这样，痛骂肇事者周通。鲁智深只是拿话逼着周通，让他发誓不再找刘太公的麻烦，事情也就拉倒了。李逵的态度比鲁智深大义凛然得多。很多读者都因此称赞李逵是非分明。

实际上情况并不是这么回事。

李逵生气，并非同情宋太公的女儿，而是憎恨宋江。而他憎恨宋江，也不是因为宋江恃强凌弱，而是因为他贪了"色欲"，让李逵产生了幻灭感。

为什么宋江的"色欲"会让他产生幻灭感呢？这就牵涉到李逵古怪的道德观了。

在李逵看来，打人没问题，杀人没问题，吃霸王餐砍死人没问题，抢劫放火没问题，但是好色沾女人，那不行！那是淫荡，是堕落！

李逵对人的性需求好像非常憎恨。施耐庵也特别强调了这一点。因为就在李逵要砍宋江之前，他还写了一件事。

那是在四柳村。李逵和燕青路过这里，天晚了，要借宿。庄主狄太公就说起家里闹鬼，把独生女给魇住了。"半年之前，着了一个邪祟，只在房中茶饭，并不出来讨吃。若还有人去叫他，砖石乱打出来，家中人多被他打伤了。"

李逵就去帮狄太公捉鬼。其实哪里是鬼？就是狄小姐找了一个情人，到房里来幽会。人家俩小年轻有私情，与他何干？换上鲁智深，肯定是骂两句就走开了。但李逵不是，他一脚踹开房门，先是一斧子把小伙子脑袋砍下来。接着他把狄小姐拖出来审问，问明白怎么回事了，大喊一声："这等腌臜婆娘，要你何用！"一斧子把狄小姐脑袋也砍下来，然后把两个人头拴做一处，两个尸身也并排摆在一起。

这还不解恨，李逵索性"解下上半截衣裳，拿起双斧，看着两个死尸，一上一下，恰似发擂的乱剁了一阵"。然后才大笑道："眼见这两个不得活了！"

按理说，人家偷情，碍你李逵哪儿疼？再说了，杀就杀了，至于这么大的恨意吗，还要把人家剁碎？但李逵就是见不得这种男女私情，见了就愤怒，就憎恨。

他甚至把两个人头拿给狄太公看。狄太公看见女儿的脑袋，号啕大哭："留得我女儿也罢！"李逵还笑话人家："打脊老牛，女儿偷了汉子，兀自要留他！你怎地哭时，倒要赖我不谢将。"

说完，就没事人似的睡觉去了。第二天，李逵睡醒了，还真大模大样地让狄太公拿出酒肉来谢他。

这倒不是李逵欺负人，他内心深处，一定觉得自己做了一件大好事，狄太公就该谢他。什么叫替天行道？这就是替天行道！当然，狄太公这条"打脊老牛"肯定不这么想。

四柳村之后，紧接着就是假宋江事件。

施耐庵把这两件连在一起写，就是要说明一件事：触怒李逵的，并不是宋江欺负人了，而是宋江居然有分外的性欲！宋江要是抢了刘太公的金银，甚或杀了刘太公全家，把刘家庄烧成平地，他都不会在乎，因为这种事他自己只要一言不合，也能干得出来。但是宋江居然搞女人，居然是酒色之徒！是可忍孰不可忍！

《水浒传》总的来说，是一本反性的小说。性欲始终被认为是低贱的。就像宋江说的，"但凡好汉犯了'溜骨髓'三个字的，好生惹人耻笑"。但最多也就是耻笑耻笑，真正对性如此仇恨的，恐怕也只有李逵一个。而李逵偏偏又是全书中最兽性、最暴戾的人物。

有人因此怀疑李逵有生理问题，当然也有这个可能，但还有一个更简单的解释：这种仇恨是一种象征。

性是人性中柔弱的一面。男女在进行性活动的时候，往往也是最脆弱的时候。同时，性带来生殖，意味着繁衍和增多。而杀戮正好相反，它意味着刚硬和暴烈，意味着减少和毁灭。所以说，性与杀是恰成对立的镜像。李逵是梁山的"天杀星"，他对性的敌意是最正常的事情。

总的来说，性爱是富于人性的情感，代表着人类美好的体验。而李逵的仇恨，就是要剪除掉人性中所有的柔软和脆弱，只留下一片黑暗的荒漠。

而这片荒漠的上帝，就是两把滴血的板斧。

四

李逵像个野兽，而宋江就像驯兽员。

有人说宋江和李逵是主奴关系，其实不是。如果是单纯的主奴关系，李逵就不会拿着斧子要劈他。他们就是驯兽员和野兽的关系。只要训练得法，野兽可以比最忠心的奴才还要听话，但本质上，它还是野兽。

李逵需要宋江，是因为野兽要想在人间求生，就需要一个驯兽员。

李逵身边始终有驯兽员这个角色，一开始的时候这个人是戴宗。在宋江没出现之前，李逵只听戴宗的话。就连江州的酒保都知道，李逵惹事的时候，"只除非是院长说得下他"，其他人他见一个咬一个。

可是戴宗这个人有很大问题,首先他心胸狭窄。宋江刚到江州的时候,故意不给他交保护费,戴宗就急得暴跳如雷,当着下属的面大发脾气,可见此人格局很小。野兽的智力虽然迟钝,但在这方面的嗅觉却往往非常灵敏,所以李逵对戴宗虽然服从,却没有太多敬畏爱戴之情。

而且戴宗在钱上看得很紧,多少有些悭吝,李逵在他手下只能半饥不饱,所以两人在一起,也就是凑合着过。戴宗抱怨李逵老连累自己,李逵则经常念叨要去山东,另投及时雨"义士哥哥"。

结果宋江一出场,就把李逵给接管了。宋江不光在钱上特别大方,足能喂饱这只野兽,而且非常宽容大度。在戴宗眼里,李逵几乎处处是缺点,是个拿不出手的粗人,"全没些个体面,羞辱杀人!"而宋江却能充分欣赏他的朴直,在理解中还带了点宠溺。李逵马上全心全意地投靠了他。野兽终于找到了合适的驯兽员。

而李逵对宋江也很有价值。梁山需要这样的一个人物来制造恐怖。

李逵的武功并不算特别高,跟林冲、武松他们完全不在一个级别上。就连在梁山排名九十七的李云,被麻翻以后刚刚苏醒,都能和李逵战五七回合不分胜负。要是单打独斗的话,李逵在梁山好汉里最多也就是中上水平。

但是李逵的兽性风格能制造恐怖。

打仗的时候，李逵经常脱得赤条条的，像疯子一样往前冲，确实能吓倒不少敌人，有时候甚至能冲散他们的队形。在战场上，谁能杀掉谁，并不完全是武功决定的，有时候气势更重要。有的敌将真打起来，未必打不赢李逵，可是看到李逵凶神恶煞的样子，先就有点手软。所以李逵前前后后杀掉的敌将，比武松还多。从这一点看，李逵在军事上是有价值的。

而在心理上，李逵的价值就更大。

民间老百姓非常害怕李逵。在寿张县，"若听得'黑旋风李逵'五个字，端的医得小儿夜啼惊哭"。你看，没说他们怕宋江，没说怕卢俊义，就是怕李逵。

梁山需要挑出"替天行道"的杏黄旗，散散粮，爱护一下群众，这都是必要的。但是它也需要李逵这样的人物，来替它制造恐怖。爱戴只能让人聚拢，而恐怖才能让人服从。如果不能制造强烈的恐怖感，宋江的忠义堂是维持不了多久的。

当然，在梁山内部，李逵对宋江也很有用。他可以替宋江说出宋江不方便说的话，做出宋江不方便做的事。说好了，那就达到了宋江的目的；没说好，谁又能跟铁牛较真呢？完全是可进可退。

所以说，野兽有野兽的价值。

五

李逵不光是被宋江驯服的野兽，李逵同时也是宋江阴暗的另一面。

很多人都注意到了，《水浒传》里的宋江与李逵有一种对比映照的关系。他们就像堂·吉诃德和桑丘，代表着一种"双重人格"。宋江的狡狯算计之下，就隐藏着李逵式恶兽性嗜杀冲动。如果用人体来比喻的话，宋江就像脑，而李逵就像心。

李逵第一次见到宋江，就被他收服了，就像心被脑收服了一样。但反过来，脑也受到了心的冲击。

宋江一直在讲忠孝讲仁义，可就在碰到李逵后，没过几天，宋江就在浔阳楼上写下了这样的诗："他年若得报冤仇，血染浔阳江口！"

这是他第一次说出如此杀气腾腾的话。

从写作的角度看，这很可能只是情节的巧合。可是从隐喻的角度看，这就像是李逵的出现唤醒了宋江的阴暗之心。而宋江在这句诗里表达的愿望，李逵很快就替他实现了。劫法场的时候，李逵抡着大斧子，从法场直杀到江边来，"身上血溅满身，兀自在江边杀人"。

晁盖在那里喊："休只管伤人！"李逵当然不肯听，他只听宋江的。而此时的宋江就跟在李逵身后。他也看到了这个血腥的场面，他一语不发。

为什么要发呢？血染浔阳江口，多么美好的一幕。狡狯的脑决定让黑暗的心自由奔腾一会儿，让它自由地淹没在鲜血里，感受那种让人战栗的快乐。

这既是野兽的快乐，也是驯兽员的快乐。

直到尘埃落定，驯兽员才会整好冠带，理清思绪，骂一声："这黑厮直恁地胡为！下次若此，定行不饶！"

地慧星

一丈青扈三娘

扈三娘：梁山上的狗镇少女

一

《水浒传》里有一个很奇怪的人物：扈三娘。

梁山一百零八将里，扈三娘的人生可以说是最悲惨的。

她是扈家庄的大小姐，"使两口日月刀，好生了得"。刚出场的时候，施耐庵还特意为她写了一首诗：

> 雾鬓云鬟娇女将，凤头鞋宝镫斜踏。黄金坚甲衬红纱，狮蛮带柳腰端跨。霜刀把雄兵乱砍，玉纤手将猛将生拿。天然美貌海棠花，一丈青当先出马。

非常漂亮飒爽的一个女将，让人不由得想起《杨家将》里的穆桂英。

扈三娘武艺相当不错，一上来先是力战矮脚虎王英，才十几个回合,就把王英生擒活捉。接着扈三娘又连战欧鹏和马麟,一双刀使得如"风飘玉屑,雪撒琼花",丝毫不落下风。最后她干脆直奔宋江而去。宋江虽然一向爱学使枪棒,但看扈三娘冲将过来,一点对着干的想法都没有,扭头就跑,差点让扈三娘当场砍死。

你看,扈三娘首次登上舞台,就是这么英姿勃勃,威风凛凛。

但是威风也就到此为止,扈三娘马上就从人生巅峰上栽了下来。

林冲来了,没斗上十个回合,就把扈三娘给捉住了。

这个大小姐被捆着双手,押回了梁山。

在扈家庄眼里,梁山就是一群强盗啊。一个大姑娘被捉进强盗窝,这如何了得?当然要去营救啊,而且要抓紧。

果然,第二天,她的哥哥就来了。扈成牵着牛,抬着酒,嘴巴像抹了蜜似的,一嘴一个"将军"。扈成说妹妹年幼无知,误犯威颜,求宋将军千万把妹妹给放了。只要放人,要什么东西都给。

宋江倒也不是不肯放,只是提出一个条件:拿矮脚虎王英交换扈三娘。

这个条件很合理,但是扈成做不到。

因为王英虽然是被扈三娘擒住的,却被祝家庄的人弄走了,扈成要不回来。

这就有点过分了。祝家庄掌权的是三少爷祝彪,而扈三娘是祝彪的未婚妻。祝家庄跟梁山打仗,未婚妻跑来帮忙,结果被敌人捉走了,于情于理,难道你能不管?退一万步讲,王英是扈三娘拿下的，拿王英换回扈三娘不是天经地义吗？

可是祝彪就是不答应：反正没结婚呢，管她干什么？再说了，在强盗窝里都过夜了，谁知道怎么回事？换回来以后怎么办？这婚我结是不结？

所以，坚决不答应。

扈三娘的未婚夫就是这么个畜生。在这个世界上，真正关心扈三娘死活的，就她的爹妈和哥哥。

为了救妹妹，扈成姿态放得很低，除了王英要不回来，其他什么条件都答应。投降？可以。帮着捉拿祝家庄的人？可以。只要把妹妹放了，怎么都行。至于勾结梁山，会不会引发官府追究，扈成已经顾不上了。

未婚夫虽然是个畜生，但是她的亲人还是疼她的。

梁山最后给了答复，大致的意思就是：放可以放，但不能现在就放，得看你扈家庄的表现！

扈成虽然不满意，也只能抱着一线希望返回扈家庄。他决心全力配合梁山，以救赎妹妹。

二

但是扈家庄很快就被梁山给灭门了。

祝家庄被攻陷，祝彪走投无路，投到了扈家庄。扈成一看：好啊，这个畜生来了！捆起来捆起来，送到宋将军那儿去！

谁知道走在半路上,他们碰上了李逵。李逵明明知道扈家庄已经投降了,却还是提斧子就砍。祝彪被当场砍死,扈成夺路而逃,捡了一条命。李逵正杀得手顺,接着又冲进扈家庄,把"扈太公一门老幼,尽数杀了,不留一个"。财产也全部带走,装了四五十驮,带回了梁山。临走的时候,还把庄园一把火烧了。

抄家,灭门。

当然,李逵事后也遭到了宋江非常严肃的批评:"下次违令,定行不饶!"

那扈三娘对此什么反应呢?

没有任何反应。

父亲被砍死了,全家都被杀了,未婚夫也被杀了,哥哥生死不明,财产被洗劫,老家被烧成瓦砾,而扈三娘保持了沉默。至少作者没有描写她的任何情感波动。在扈家庄沦陷的当天,她的情形是一片空白。

紧接着,就是《水浒传》里最惊悚的一段描写。

攻下祝家庄,屠了扈三娘全家之后,中间又发生了一个小插曲,宋江用计谋骗李应上山,收编了李家庄。但这个过程很短,前前后后不会超过三五天。紧接着,大家在梁山团聚。

这时,扈三娘出场了。梁山杀牛宰马,大摆庆功宴。她和顾大嫂、乐和娘子这些女人在后堂摆了一席,坐着饮酒。正厅上"大吹大擂",大家一直喝到晚上才散。

我觉得这场酒席,比血溅鸳鸯楼那场更加惊心动魄。

酒宴的第二天，宋江就来给扈三娘说亲，要她嫁给矮脚虎王英。

王英是什么人呢？就是个龌龊淫猥的土匪。你哪怕用放大镜，也在他身上找不出什么优点。

先说长相，书里形容扈三娘是"天然美貌海棠花"，形容矮脚虎王英则是：五短身材，一双光眼。王英出场的时候，施耐庵还给他写了一首诗：

驼褐衲袄锦绣补，形貌峥嵘性粗卤。
贪财好色最强梁，放火杀人王矮虎。

注意，这个"峥嵘"可不是"峥嵘岁月"那个峥嵘，而是狰狞的意思。

长得丑点就丑点吧，关键这个王英性格也超级猥琐。就拿落草这件事来说，梁山上很多人都是迫不得已才落草，可王英不是。他原来是个车夫，后来发现赶车不如抢劫来钱快，半路上就抢了客人的钱财，这才落草为寇。在任何社会里，这种人都是下三烂。

而且王英还特别好色。当初在清风山捉了刘高的太太，王英上来就要"搂住那妇人求欢"。扈三娘出场的时候，王英为什么急吼吼地第一个就要冲上去打？就是因为对方是个女的，王英看得手颤脚麻，恨不得"一合便捉得过来"。

捉过来干什么？当然不是捉来拜干兄妹了。

除此之外，王英还吃人。前面就说过，王英在清风山喝过不少用人心肝做的醒酒酸辣汤，连心肝也要用冷水处理一下，"脆了好吃"。

据说每个人都有优点，就看你会不会找。但是王英实在是个例外。施耐庵自己都瞧不上他，给他的称号是"地微星"，意思就是微不足道的小星星。历来的点评者提到王英，也都是嗤之以鼻的样子。只有李贽独具只眼，发表过一番谬论：

> 王矮虎还是个性之的圣人，实是好色，却不遮掩，即在性命相并之地，只是率其性耳。若是道学先生，便有无数藏头盖尾的所在，口夷行跖的光景。呜呼！毕竟何益哉！不若王矮虎实在，得这一丈青做个妻子也，到底还是至诚之报。

这是说做流氓做到不害臊的程度，就是圣人。这种"童心说"之类的胡言乱语，也不必当真。

总之，宋江让扈三娘嫁的，就是这么一个丑陋、贪财、淫荡、兽性的下三烂。扈三娘是大户人家的富贵小姐，爹疼哥宠的，不要说嫁了，估计这辈子连见都没见过这样的人物。

她原来的未婚夫虽然是个混蛋，但至少不会半夜爬起来咯吱咯吱地吃人心啊。

可是扈三娘毫不犹豫就答应了，"见宋江义气深重，推却不得，两口儿只得拜谢了"。当天两人就成婚了，扈三娘和王英入了洞房。

这离扈家被灭门相差不过几天,宋江连悲伤的时间都没有留给扈三娘。书上说,"众人皆喜……当日尽皆筵宴,饮酒庆贺",李逵应该也在庆贺之列。

这个情节发生在《水浒传》第五十一回,文风最平淡也最恐怖的一段。

三

施耐庵写这段婚姻,并非全是向壁虚造。

在元杂剧里,就有王矮虎和一丈青这对夫妻。但问题是,元杂剧里的王矮虎没有这么龌龊,而一丈青就是一丈青,并不叫扈三娘,也没有被灭门的情节。那么为什么施耐庵要把王矮虎写成一个让人恶心的下三烂?为什么又要给扈三娘安排这么一段可怕的经历?

难道他是厌女症发作,非要写一个没心没肺的女傻子吗?

那倒也不是。

施耐庵说扈三娘"是个乖觉的人",而且他送给扈三娘的称号是"地慧星",也是强调她的聪慧。很可能在施耐庵的眼里看来,只有一个聪慧的人,才会有扈三娘这样的反应。她不是傻,而是乖觉。她的本能告诉她:这就是生存之道。

在极端环境下,人会有很多保护自己的本能。

比如说疯狂。

我们都认为发疯是一种疾病。可有的时候,发疯是一种潜意识的理性决定。如果压力过于巨大,神经系统可能彻底坍塌,甚至导致人的死亡,这个时候,发疯就是一种自救。它像一道堤坝,把人吱吱作响、行将断裂的神经线,强行与外面的可怕世界隔离开来。

同样,冷漠也是一种自救方式。当一切太过恐怖,太过难以理解的时候,你可以切断自己的情感,遗忘自己的过去,不去理解那些无法理解的事情,不去审视那些恐怖得让人难以审视的事情。

你让自己变成一片空白,你让自己喝酒,你让自己听这外面的大吹大擂,你让自己装得一切都很正常。

这样,你才能活下去。

这并不只是让别人不杀死你。事情没有那么简单。当然,你拒绝他们,他们可能杀了你。但如果只是求生,你简单地伪装就可以了。你可以表面上配合他们,默默地把一切记在心里。

可关键的问题在于:你怎么面对自己?

设身处地站在扈三娘的位置上想一想,就会明白她置身于一个魔鬼般的世界。她无力摆脱,但也没有勇气决裂。她只能和身边的魔鬼共存下去。她不得不和一个猥琐食人的丈夫同床共枕。群雄大结义的时候,她甚至不得不和李逵一起跪下,宣誓:"但愿生生相会,世世相逢,永无断阻!"

难道自己是在暂时委曲求全，以便日后更好地复仇？可她知道自己不是。她就是怕了，和很多脆弱的人一样，害怕了。一个从未经过风雨的富家小姐，陷身于一个陌生的虎狼巢穴里，她害怕了。就是这么简单。

可她该怎么向自己解释这一切？她又该如何面对自己的屈从？

"乖觉"的地慧星扈三娘本能地选择了一个拯救自己的办法，那就是遗忘，把情感的闸门关闭起来，装作这一切从没发生，无关紧要。

四

很快，扈三娘就开始替梁山作战，立下了赫赫战功。她活捉过彭玘，擒住过郝思文和温克让，还击败过辽国天寿公主，战功远远超过了丈夫王矮虎。但是按照梁山的默认规则，女人的排名顺序不能超过丈夫，所以扈三娘排座次的时候只能排在第59位，位于王英之后。

在历次作战中，扈三娘甚至还跟李逵打过配合。三败高太尉的时候，李逵带步兵从左边进攻，扈三娘带马军从右边进攻，然后两军会合作战。

当时，扈三娘在想些什么？

很可能什么都没想，也没法想。

扈三娘出场的时候还是那么飒爽。在攻打大名府的时候，施耐庵又给她写了一首词：

玉雪肌肤，芙蓉模样，有天然标格。金铠辉煌鳞甲动，银渗红罗抹额。玉手纤纤，双持宝刃，恁英雄烜赫。眼溜秋波，万种妖娆堪摘。

……

还是一个美人模样。

但是扈三娘说话办事的风格却越来越粗俗。

她刚出场的时候，矮脚虎王英和她交手，动作轻薄，一副想吃豆腐的样子。扈三娘心中道的是："这厮无礼！"很生气，一阵狂风暴雨式地进攻，捉住了王英。这就属于富家小姐被人轻薄后的嗔怒反应。

她上梁山以后，打的第一场仗是替换花荣。这个时候扈三娘说的是："花将军少歇，看我捉这厮！"也还是正常人的口吻。

可是到了最后，扈三娘一张嘴却跟街上的流氓泼妇差不多了。

那是在征讨田虎的时候，对方出来一位叫琼英的女将。"脸堆三月桃花，眉扫初春柳叶"，非常漂亮。王矮虎虽然现在有老婆，但猥琐淫荡的劲儿一点儿没改，看见女人又抢先冲了过去。交手的时候他又是心猿意马，想占别人便宜。琼英想道："这厮可恶！"觑个破绽，一戟刺中王英左腿。

整个过程跟当年扈三娘与王英交手的情形几乎一模一样。

这时候扈三娘在后面骂起来了:"贼泼贱小淫妇儿!焉敢无礼!"

明明是你老公淫贱,人家琼英怎么贱,怎么淫了?又怎么无礼了?

整本《水浒传》里打仗的次数多了,双方见面也对骂,可也很少见这么粗口的。当年扈家庄的大小姐,"天然美貌海棠花",现在一张嘴比王婆还牙碜。而她破口大骂的人,又分明像当年的自己。

实在难以想象,她跟王英结婚的这些年,到底都发生了什么。

五

我们会说扈三娘这是典型的"斯德哥尔摩综合征"。

什么是斯德哥尔摩综合征?大致就是说,人质被劫持后,会对劫持她的人产生感情依赖,甚至会认同劫持者,为他们服务。根据美国联邦调查局的统计,大约有四分之一的人质会产生程度不同的症状。

历史上有很多这样的例子,最有名的一个例子可能就是1974年的帕蒂·赫斯特绑架案。

帕蒂是报界大王的孙女。19岁的时候,她被一个恐怖组织绑架了。根据她自己的陈述,在被绑架期间她不仅被威胁、殴打,而且还遭到了性侵。开始时她当然很害怕,但没过多久,她就对这个恐怖组织产生了斯德哥尔摩情结。被绑架两个月以后,帕蒂决定留在恐怖组织里,并且给自己起了一个新名字"塔尼亚"。

几个月后,这个恐怖组织闯入一家体育用品商店,帕蒂像扈三娘一样冲锋陷阵,"打光了卡宾枪中的所有子弹,随后她拿起另一支步枪,再次打光了子弹"。此时的帕蒂已经完全认可了自己的新身份。此后,她又多次参与了犯罪袭击。

所以说,施耐庵并不是瞎写。在现实中,这完全是可能的。

人在极端环境下,不仅会屈从,而且会产生情感依赖。比如说扈三娘对矮脚虎王英就很有感情。

王英对扈三娘未必有多好。电视剧里王英对扈三娘好像情深义重,但那是导演自己瞎改的。在《水浒传》原著里,完全看不出他对扈三娘有什么体贴之处,看见别的女人还是猴急猴急的,当着媳妇的面就上去轻薄琼英。扈三娘作战的时候,也从没见他着急过。

但是王英一旦出现危险,扈三娘就豁出命地往前冲。最后扈三娘战死,也是为了王英。在睦州城外,王英和郑彪交手,被对方一枪戳死。扈三娘为了给王英报仇,挥着刀就冲上去了。郑彪拨马便走,扈三娘还是不依不饶地追,最后人家转身用暗器把她打死了。

为了王英这么一个淫荡龌龊的下三烂而死,值得吗?

但是扈三娘对王英的感情是真实的。其实这也不难理解。生活在黑暗中的人太渴望光亮，生活在寒冷中的人太渴望温暖，当你不敢恨的时候，你可能就会去爱。

不然，你又怎么看待自己的人生？

所以，宋江假模假式地认她当干妹妹的时候，扈三娘可能真的是感激的。

丑陋猥琐的王矮虎躺在她身边的时候，她可能真的是有爱意的。

我们可能会觉得这种想法有点变态。但这真的很奇怪吗？面对无法抵御的恐怖力量，人们有时候就是会认同它，恋慕它，委身于它。通过这种方式，人们找到了让自己活下去的理由。

六

在梁山上，其实还有一个女人比扈三娘更惨，那就是东平府太守程万里的女儿。

东平府有个双枪将董平，一向以风流自许，连箭壶上都要插个小旗，写着"英雄双枪将，风流万户侯"。其实他不是风流，而是下流。董平听说程太守的女儿长得很美，屡次找人上门提亲。程太守不太乐意，没有爽快地答应。结果董平被宋江擒获以后，不但马上投降，觉悟还忽然提高了，惦念起了东平府的群众："程万里那厮原是童贯门下门馆先生，得此美任，安得不害百姓？"

董平替天行道，带着梁山军马，骗开东平府大门，直奔太守衙门,"杀了程太守一家人口,夺了这女儿"。

这个女儿就跟着董平上梁山了。

一个知府的千金小姐,忽然看见一个莽汉带着人冲进来,杀了自己全家亲人,血淋淋地站在尸体堆里,她会怎么想?这个大汉把自己拽进洞房,她又会怎么想?

书上完全没有交代。

事实上,像程小姐这样的经历,在古代历史上有过很多例子。战争中,杀戮男性、劫掠女性,是一种常见现象。历史书也很少会交代这些女人的心态。

程小姐比扈三娘的处境更糟糕,王英至少不是杀害扈三娘全家的凶手。而且扈三娘有武艺,可以向梁山证明自己的存在价值,而程小姐呢?她唯一的存在价值就是董平需要她。如果不是董平想要她,攻克东平府的那一刻,她就该死了。

她要活下去,唯一的办法就是依附于董平,依附于这个杀她全家、毁掉她一生的恶魔。

在征方腊的时候,董平战死了。他死了以后,程小姐的下落又如何?书上也没有交代。

想来也未必很好吧。

妮可·基德曼演过一个电影,叫《狗镇》。少女格瑞斯为了躲避黑道,逃亡到了狗镇,为这里的居民做点杂务,换取他们的庇护。但是,随着时间的推移,镇民知道格瑞斯无依无靠,渐渐露出了狰狞面目。发展到后来,他们把格瑞斯像条狗一样锁起来,随心所欲地对待她。她不断被欺凌，被性侵，成了囚徒和奴隶。

最后，有人向黑道告发了格瑞斯，说他们想要的人就在这个镇子里。

黑帮来了，来迎接他们首领的独生女格瑞斯。原来格瑞斯逃到狗镇上，只是因为不愿意继续父亲的生意。

格瑞斯从囚笼里钻出来，杀掉了镇上的每一个人，只剩下了一条狗。

对程小姐来说，梁山就是一个狗镇。在这里，好汉们大秤分金银，异样穿绸缎，过着豪爽痛快的日子，可它同时也是程小姐的囚笼。扈三娘的命运好一点，她靠自己的武艺挣得了一席之地，付出的代价是切断关于以往的所有记忆。而程小姐连这个机会都没有。

她也不像格瑞斯。格瑞斯有黑帮老大的父亲，而程小姐的父亲已经被杀掉了，谁也不会架着七彩祥云过来救她。没有人知道她在梁山上怎么度过一个个日夜的。书上再也没有提到过她。施耐庵忙着描述一场场战役，把她给忘记了。

不光施耐庵忘记了，读者也忘记了。如果不是写扈三娘，我也想不起来梁山的某个角落里，还有这么一个少女。

这个少女在最美好的青春时代，被人从太守府运到了梁山，从此再无消息。

天慧星
拚命三郎石秀

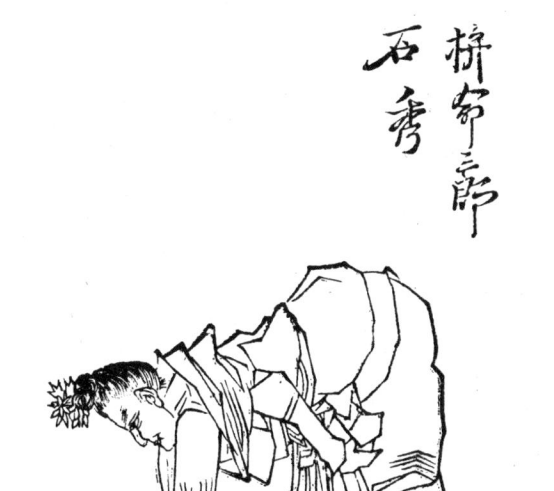

拚命三郎 石秀

石秀：让我来教你做个好男子

一

《水浒传》里出场的女人有好几十个，但是大部分都面目模糊。林冲的太太到底什么样子？徐宁的太太到底什么样子？说不清楚。整本书看下来，形象比较鲜明的女人也就八九个。

而这八九个女人里，差不多有一半在杀人，另一半在偷人。只有在写到这两种女人时，施耐庵才会精神抖擞，文思泉涌。

那么这些女人为什么要偷情呢？

当然，有一个原因是性压抑。

就拿阎婆惜来说，她偷情的理由之一就是宋江"只爱学使枪棒，于女色上不十分要紧"。当然这个说法有点可疑，因为宋江从没施展过什么武艺，枪棒云云，听上去更像是个幌子。王望如评点《水浒传》的时候，说宋江"其于色欲，强弩之末"。这个说法可能更接近真相。

不光宋江是这样，卢俊义也存在这方面的问题，"只顾打熬气力，不亲女色"，就像岳不群一样，练武把性能力给练没了。

这样一来，太太贾氏当然就比较容易出轨。

但是性只是一方面，在此之外，其实还有一个更大的问题，那就是寂寞。

仔细读《水浒传》的话，会发现当时良家妇女的生活实在是太寂寞了。她们被困在一个非常狭小的空间，几乎和外界完全隔绝。

就拿潘金莲来说，她天天窝在家里，最多和邻居王婆走动走动。而且就算去找王婆，也是通过后门来往，并不通过大街。所以别看阳谷县这么小的地方，西门庆又到处闲逛，可居然从没见过潘金莲。两人能碰面，还是因为潘金莲开帘子的时候，帘叉掉下来了。

而且潘金莲这么打开帘子往外看热闹，是不守规矩的行为。武大郎就不乐意她这么干。闹了几回以后，潘金莲每天估摸着他快回来了，就会"先自去收了帘子，关上大门"。她倒不是怕武大郎，而是作为一个良家妇女，潘金莲默认了社会对自己的规范。

你看，像潘金莲这么泼辣的人，也要接受这种坐牢似的处境。

那么潘金莲待在家里干吗？

从书里看，也没什么事可干。就是坐着等武大郎回来。太阳出来，太阳落山，一天天就这么过去。武大郎还能走街串巷，经历各种各样琐碎的小事件。可潘金莲就在屋子里待着，"独自一个冷冷清清立在帘儿下"。

一天下来，什么事情都没有发生，而且也不会发生。

人需要社交，需要行走，需要变化，需要外界的刺激。没有这些东西，人是会抓狂的，何况潘金莲本身又是个生命力旺盛的人，更加难以忍受这样的日子。

设身处地想一想，就会明白其中的可怕。那个时候也没有电视，也没有网络，关起门来，时间就像一团让人窒息的泥浆，身心就像一潭毫无波澜的死水。这就不光是性压抑不压抑的问题，而是生命本身在枯萎。

她需要发生一些事情。

这就像把你在一个绝对静音的屋子里关上两天，你就会渴望听到声音。不管是什么声音都行，但必须得有声音。

这个时候王婆和西门庆出现了。这不仅意味着一段艳遇，也意味着一种变化，一段故事，一种可能。就像在静音室里忽然出现了一个声音。

然后她就死死抓住了这个声音。

我总觉得，潘金莲的偷情，与其说是性欲的驱使，更像是她要在生命里抓住点什么，来填补那片巨大的空白。

二

潘金莲是这样，杨雄的妻子潘巧云也是如此。

潘巧云出轨的对象是和尚裴如海。

为什么跟和尚出轨呢？因为她没有太多选择。她的社会阶层比潘金莲高一些，武大郎是个卖炊饼的，而杨雄是个公务员，家里还挺有钱，潘巧云还使唤着丫鬟。但这个阶层的妇女跟外界更加隔绝。她能接触到的男人除了亲戚、奴仆，就只能以宗教的名义接触和尚了。你让她跟秀才出轨，她也没地方去找。

但就算是和尚，潘巧云要想接触也不容易。她出趟门很麻烦，还得撒谎说替母亲还愿，要去庙里一趟。而且潘巧云还怕丈夫杨雄起疑，不自己说，而是让父亲潘公去跟丈夫说。

其实按当时的标准看，杨雄在这方面心胸是比较大的。他觉得潘巧云这么干有点多余了："你便自说与我何妨。"

潘巧云的回答是："我对你说，又怕你嗔怪，因此不敢与你说。"

潘巧云拐这么个弯子，也许是因为看上了裴如海，所以有点莫名的心虚。但从一个侧面，这也反映了当时女性普遍的处境。男人像防贼一样防着家里的女人。潘金莲开着帘子，武大郎都会觉得不安；潘巧云去庙里还个愿，都会怕杨雄嗔怪。

这是因为在当时的人看来，女人和外部世界的任何接触，似乎都意味着出轨的可能。金圣叹就觉得绝不该"纵其妻妇女登山入庙"，应该把她们都关在家里，否则极易发生"不堪之事"。

我们多半会觉得金圣叹太封建，也太敏感了，哪就这么容易出轨的？去趟寺庙就跟和尚睡觉了，没有这个道理嘛。但实际上，金圣叹的想法也不是完全的多虑。

王婆大概也是这么想的,她把潘金莲和西门庆同时请到家里来,按照她的分析,如果西门庆进来的时候,潘金莲不起身就跑,"这光便有四分了"。

哪怕是大白天,哪怕旁边还有第三者在场,女人看见陌生男人不跑,就有40%上床的可能。在当时的社会空间里,就存在这么强大的性张力。男人和女人往那儿一站,周围空气里就噼里啪啦闪耀着性的火花。

至于这么夸张吗?

可能还真至于。这就像一个自我实现的预言。你越把两性隔离起来,男女之间的性敏感度就越高;而男女之间的性敏感度越高,就越需要隔离起来防止偷情。

所以,西门庆在阳谷县住那么久,也没见过潘金莲。可是俩人第一次聊天,就直接上床了。

三

在《水浒传》里,偷情的代价都是死亡。但是这些死亡未必都是嫉妒造成的。

妻子出轨了,丈夫当然会愤怒。但是这种愤怒未必会导致杀人。很多时候,杀人不是出于单纯的愤怒,更多的是源自外部的压力。男权就像一个魔咒,固然把女人困在了里面,但有的时候把男人也给束缚住了。

比如说潘巧云偷情以后，杨雄把她绑在树上杀掉了。而且杀得很惨，剖腹挖心。那杨雄这么做，真的是出于愤怒吗？

并不是。

如果没有石秀的施压，杨雄很可能不会这么做。

说到这儿，就要提到石秀这个人。在《水浒传》里，这个人真是一个绝对的另类。

石秀做起事来非常的阴毒，甚至超过了宋江和吴用。而且他的阴毒更难捉摸，混杂着强烈的自尊心和报复欲，而且可能还掺杂着扭曲的性欲。

关于性欲这一点，我们可以看看潘巧云出场时那段描写。

当时石秀跟杨雄刚刚结拜。既然都是一家人了，杨雄就领着他见自己的媳妇潘巧云。书上是这么写的：

> 石秀看时，但见：黑鬒鬒鬓儿，细弯弯眉儿，光溜溜眼儿，香喷喷口儿，直隆隆鼻儿，红乳乳腮儿，粉莹莹脸儿，轻袅袅身儿，玉纤纤手儿，一捻捻腰儿，软脓脓肚儿，翘尖尖脚儿，花簇簇鞋儿，肉奶奶胸儿，白生生腿儿。更有一件窄湫湫、紧搊搊、红鲜鲜、黑稠稠，正不知是甚么东西。

这眼光真是下流到了极致，像 X 光一样，把潘巧云看了个晶莹剔透。

但是我们可以对比一下武松见嫂子的场景。

潘金莲一出来，武松看她的时候也有一段描写，但也就是说她长得漂亮，神态轻浮，"眉似初春柳叶，脸如三月桃花"。总之，看的都是能看的地方，并没有像石秀那样把嫂子看得如此透彻深入。

跟武松比起来，石秀的这次相见，有一种爆棚的性张力。

而且到了后来，石秀自己也觉得潘巧云对他有意思。他曾经回忆道："我几番见那婆娘常常的只顾对我说些风话。"

潘巧云真的对石秀说过风话么？

不好说。

因为书上从没提到潘巧云试探过石秀，连一点暗示都没有。但另一方面，作者却强调过石秀生性多疑。他这个人心思太重，联想力超强，用现在的话说就是喜欢脑补。

比如说他在人际关系上就喜欢胡思乱想。杨雄的老丈人潘公开了一家屠宰作坊，请石秀帮忙。结果两个多月以后，有一天家里要做法事，石秀又正好不在，就临时把店面关了。

石秀从外头买猪回来，发现铺子没开张，刀杖家伙也收起来了。换上正常人，肯定是找潘公问这是怎么回事，可是石秀没有。他马上开始回忆，想到一系列复杂的事情，甚至连前两天自己做了一套新衣服都联想到了。

> 常言："人无千日好，花无百日红。"哥哥自出外去当官，不管家事，必然嫂嫂见我做了这些衣裳，一定背后有说话。

又见我两日不回,必有人搬口弄舌,想是疑心,不做买卖。我休等他言语出来,我自先辞了回乡去休。自古道:"那得长远心的人?"

思想活动真是曲折复杂,幽怨起伏。

石秀马上收拾了包裹行李,细细写了一本清账,然后去见潘公辞行,还把账本交给潘公,赌咒说:"且收过了这本明白帐目,若上面有半点私心,天地诛灭!"

把潘老头直接给整懵了。

石秀这种人,看见"一"能联想到"五千七百八十五"。他觉得潘巧云对他说"风话",我们真的要打个折扣听。因为按照他的脑补能力,潘巧云说什么都可能被理解为"风话"。

比如潘巧云说:叔叔喝水。

石秀就会联想:嫂嫂为什么让我喝水?她为什么不让别人喝水,而让我喝水?明明是茶,她为什么说是水?水能灭火。她是暗示我心里有火。什么火?难道是欲火?难道是我对她那"黑鬒鬒鬓儿,细弯弯眉儿"等等等等的欲火?这不是风话又是什么?啊呀,这婆娘原来竟是怎样的人!错看了我这顶天立地的好汉!

所以说,做人心思太细了,也不是好事。

而且石秀不光生性多疑,而且自尊心也强烈到了畸形的程度。从他找潘公辞职那一段就能看得出来,有点风吹草动,他就害怕别人怀疑自己的人品,就要赌咒发誓。这样的人要是被人冤枉，那是绝对无法忍受的。

而石秀偏偏被冤枉了。

潘巧云与和尚裴如海有私情后，石秀天天四点多钟就爬起来侦查，终于发现了问题。他跑去找杨雄，向他揭发了这件事情。当时他的提议是：你不要出面，趁这个和尚幽会的时候，我把他抓来，由你发落。

这个提议隐约带点杀气，但并没有针对潘巧云。

谁料到事情发生了变化。杨雄当天晚上喝多了，回到家一通乱骂，说漏嘴了。潘巧云也是个机灵人，马上开展自救，说石秀调戏她，而杨雄也就信了。

从这一刻起，石秀对潘巧云就真的起了杀机。

对他来说，杨雄戴绿帽子的事情倒是次要的了，关键是要洗清冤枉，然后弄死潘巧云。

这里面起作用的，主要是石秀受伤的自尊心。

那么有没有性嫉妒的影子呢？也许有那么一点，但我们并不能确定。

我们能确定的是，这里肯定没有什么义气的成分。如果他对杨雄真有义气，最后就不会把杨雄一步一步逼到绝境上。

四

那么杨雄又是个什么人呢？

他是个不折不扣的庸人。

杨雄一出场就显得有点窝囊。他的职业是刽子手,专门砍人脑袋。他亮相的那天,正好刚杀了人,正敲锣打鼓地往回走。按照当时的规矩,刽子手出了"红差"以后,身上是有煞气的。所以他路过的商铺,都要送点礼物做彩头,好冲掉这股煞气,其实也是害怕杨雄多在自己门口停留,把店铺的运气给弄坏了。所以杨雄一路上收到了很多"礼物花红""段子采缯",专门有两个小牢子给他捧着。他走在前头,一副意气风发的样子。

谁知道忽然过来几个军汉,领头的叫张保,外号"踢杀羊"。人家厉害的都是号称"踢南山猛虎",这个只是踢羊,一听也就是个普通混混。张保带人围着杨雄,先说是借钱,跟着就是明抢,把花红缎子都抢走了。杨雄想要动手,结果几个人拉胳膊的拉胳膊,推胸脯的推胸脯,"杨雄被张保并两个军汉逼住了,施展不得,只得忍气,解拆不开"。

这个场景可以说是杨雄性格的一个象征。

杨雄其实武艺很高,甚至曾一棒子打翻过燕青。一个踢羊的张保,加上几个混混,根本不是他的对手。他完全可以打翻这些人,但是他迟疑之下,磨磨蹭蹭的,居然被人"逼住",解拆不开。这就不是武功的问题,而更多的是性格问题了。

不光张保能逼住他,后来石秀也能逼住他。不过张保用的是手,而石秀用的是嘴。因为杨雄这种人,很容易被人牵着鼻子走,最后莫名其妙被逼进一个死角里,"解拆不开"。不管杨雄武功有多高，本质上还是一个缺乏主见和决断的庸人。

但是杨雄也有优点，比如他比较厚道。

就拿潘巧云勾搭和尚这件事来说，事情的起因是做法事。准确来说，是潘巧云给前夫做法事。潘巧云是二婚，先嫁了一个王押司，王押司死了，才嫁给了杨雄。现在潘巧云在家里做法事，要超度前夫，所以裴如海才来了。

这事就算搁在现代人身上，多少也有点尴尬。但是杨雄也没说什么，做法事的时候找个借口躲了出去，临走前还怕潘公一个人照应不过来，特意叮嘱石秀去帮忙。

从这儿看，还是挺厚道的一个人。

再比如说，潘巧云诬陷石秀，说他调戏自己。杨雄相信了，相信以后呢？他并没有跑去骂石秀，只是让潘公把铺子给拆了，肉铺的生意不做了。而且"怕石秀羞耻"，不跟石秀打照面，自己躲了开去，算是给对方留了台阶。

这也是杨雄厚道的地方。

性格厚道，没有主见，听上去似乎是个人畜无害的老好人。其实不是这么回事。因为杨雄有一个软肋，那就是特别爱面子，生怕别人觉得他不是英雄好汉。

在当地，大家好像并不怎么觉得他是英雄好汉。张保光天化日之下，就敢抢他的东西。石秀认识杨雄以后，潘公也对石秀说过这样的话："我女婿得你做个兄弟相帮，也不枉了！公门中出入，谁敢欺负他！"

这说明潘公也担心杨雄受欺负。

但越是这样,杨雄就越怕别人觉得他窝囊,越想摆出英雄好汉的样子。但越想当英雄好汉,越容易被人牵着鼻子走。

潘巧云诬陷石秀的时候,就先竖个旗帜:"今日嫁得你十分豪杰,却又是好汉,谁想你不与我做主!"

一句话就把杨雄给逼住了。

你不相信媳妇的话,是你心思缜密讲究证据呢,还是你其实没种,不敢替媳妇出头呢?杨雄要做好汉,只能"心中火起",破口大骂,第二天就把铺子拆了,要撵石秀走。

潘巧云看穿了杨雄的软肋,石秀也一样。石秀被潘巧云诬陷以后,为了自证清白,索性搞个天翻地覆。他把裴如海给杀了,尸首脱得一丝不挂,扔在杨雄家的巷口。这就等于给杨雄摆出了证据,然后他就跑去向杨雄摊牌。

这段对话很有意思。

这时候,杨雄已经确信媳妇出轨了,那他有没有杀死潘巧云的打算呢?

肯定没有。

杨雄先是怒气冲冲地大骂:"我今夜碎割了这贱人,出这口恶气!"

听上去好像很凶恶,马上就要杀人,可是石秀试了他一句:"你又不曾拿得他真奸,如何杀得人?"

杨雄一听,马上顺杆爬,话锋一转,摆出一副不甘心的样子:

"似此怎生罢休得?"

先是喊打喊杀,转眼就叹息:难道就这么算了不成?听上去好像是不肯罢休,其实已经留了罢休的后手。

这个时候,如果换上一个正常朋友,接着话茬往下说:"为了这么一个女人,不值得,你知道这个事儿就行了。算了算了。"那杨雄多半就会顺坡下驴,最多把潘巧云休了,不至于闹出人命案子。

可他碰上的偏偏是石秀:"哥哥只依着兄弟的言语,教你做个好男子。"换句话说,你不依我的言语,你就不是个好男子,你就是个孬种。杨雄最怕人家觉得他是孬种,这句话一下子就把他逼到死角了。

石秀出的是什么主意呢?

城外有一座翠屏山,"好生僻静"。他让杨雄把潘巧云和丫鬟迎儿带到翠屏山上,石秀和她对质,当面把话说清楚。

这个计划太歹毒了。

事到如今,事情已经清楚了,杨雄也不疑心他了,还有什么可对质的呢?可石秀非要对质。既然潘巧云诬陷了我,那就要她当着我的面,把原话一句一句嚼碎了咽下去!

至于为什么不在杨雄家对质,非要选在偏僻的翠屏山,那当然是为了方便杀人。石秀把计划都安排好了:他不杀人,他逼着杨雄去杀人。

杨雄再傻,也意识到了这个计划里的杀气,他推脱说:"兄弟何必说得！你身上清洁，我已知了，都是那妇人谎说。"

金圣叹读到这里，评论了一句："杨雄似不肯。"

去翠屏山有点太危险，杨雄确实不太乐意。

但石秀又逼了一句："不然！我也要哥哥知道他往来真实的事。"你戴绿帽子的细节，怎么能不听清楚呢？

杨雄无路可退，就应承了下来，但口气里多少有点无奈："既然兄弟如此高见，必不差了。"

事情敲定了，临走时，石秀又丢下一句话："小弟不来时，所言俱是虚谬！"

这句话很有点咄咄逼人的意思：我要是不来，说明我在说谎；那反过来，你要是不来，说明什么？

说明你是个孬种呗。

五

在男权社会里，老婆出轨对男人来说确实是很大的羞耻，会激发男人的怒气。但这种愤怒里，只有一小部分是出自生物本能的嫉妒心，更大部分则来自社会规则的压力。

社会规则认为你应该愤怒，应该非常愤怒，应该马上采取行动，最好杀了奸夫淫妇，不然你就是个窝囊废。

比如潘金莲偷情那次，郓哥跑去找武大郎揭发，先是好一通铺垫：你是个鸭子，你被人倒提起来也无法，让人煮在锅里也没气。然后才告诉武大郎：你老婆偷人了。武大郎略有迟疑，郓哥就说：你居然是这般的鸟人！

那武大郎还能怎么办？只能跑去捉奸了，然后被人一脚踹倒。

这个时候如果没有郓哥的压力，是武大郎自己悄悄破的案，他会这么怒火中烧地捉奸吗？

我觉得多半不会。他很有可能会用其他方式解决这个问题。这样一来，武大郎、潘金莲、西门庆都不会死。

谁说男权只压迫女人呢？有的男人也会被男权给逼死。

现在杨雄同样面临这个问题。潘巧云是二婚，跟杨雄结婚不到一年，中间杨雄又经常不回家，两人感情基础深也深不到哪里去。现在潘巧云出轨了，要说愤怒，杨雄肯定愤怒，但真的愤怒到了要杀人的地步吗？

杨雄好端端地当着公务员，有房子有产业，生活挺安逸。这一杀人，一切就都毁了。为了一个结婚不到一年的潘巧云，值得吗？换上厚道些的朋友劝解两句，有个台阶下，那按照杨雄的性格，他肯定会接受这种劝说。从他话里话外的那种推脱不乐，就能看出他并不怎么热衷于报复。

可石秀偏要让他做"好男子"，而杨雄偏又最怕别人说他窝囊，所以只能被牵着鼻子走，带着潘巧云上了翠屏山。

在翠屏山上，石秀主导了整个局面。

他说："此事要问迎儿！"

杨雄就把迎儿抓来问话。

他说:"请哥哥问嫂嫂!"

杨雄就把老婆揪来问话。

石秀把通奸的每个细节都盘问得结结实实,一再强调:"此事含糊不得!"其实潘巧云已经承认通奸了,具体怎么勾搭的,怎么联络的,怎么上床的,这些细节有什么含糊不得的?

你说你是为了破案,还是为了过瘾?

石秀这么做,是不是有性心理的驱动,不好说,但他至少有一个明显的目的,那就是激发杨雄的怒火。

杨雄的愤怒确实被挑起来了,但就算在这个时候,杨雄还是留了后路。他审迎儿的时候,说的是:"实对我说,饶你这条性命!"审潘巧云的时候,说的是:"再把实情对我说了,饶了你贱人一条性命!"

这可以理解为审问的技巧,但确实也给自己留了一个台阶。但问题是石秀把这个台阶给拆了。就像袁无涯点评这段情节时说的:"翠屏山上杨雄犹无主意,终赖石秀做得一个烈丈夫。"

审问完了,石秀说:"今日三面说得明白了,任从哥哥心下如何措置。"

这句话把杨雄逼到了墙角。杨雄就把潘巧云绑在树上,摆出一副要杀人的样子。

但是,他没有杀人工具。杨雄上翠屏山的时候,已经知道潘巧云通奸了。但他并没打算杀她,也没打算杀人后潜逃。所以杨雄没有带刀子,也没带盘缠,空着手来的。看这个架势,他是打算当着石秀的面,把潘巧云发作一番,然后原样抬回家。

可在这个时候,石秀悄悄把刀递过来了,说:"那把迎儿也杀了吧!"

在整本《水浒传》里,这也许算不上最血腥的一幕,但肯定是最阴毒的一幕。

六

上翠屏山的时候,杨雄什么都没准备,可石秀什么都准备好了,杀人的刀、路上的盘缠,还有未来的去向:梁山泊。

在翠屏山上,潘巧云变成了一堆狼藉血肉,杨雄变成了一个亡命天涯的通缉犯。而石秀则成了杨雄生死不渝的兄弟。

日后杨雄回想往事的时候,会不会诧异自己怎么会变成通缉犯的?明明休妻就可以解决的问题,为什么会演变成杀人?

但是他不能把事情怪到石秀身上,因为那就得承认自己并没有那么愤怒,就得承认自己杀妻只是为了面子,就得承认自己是个被石秀牵着鼻子走的傻子。

为了自尊心,他只能认定石秀是好兄弟:他杀裴如海,是为了我好;他让我带潘巧云到翠屏山,是为了我好;他复盘通奸的每一个细节,是为了我好;他给我递刀子,也是为了我好。

他是为了让我做一个顶天立地的好男儿。

好男儿听说老婆出轨了,都会愤怒得发狂,都会不惜代价地杀人。

我以为自己一开始没那么愤怒，那是记忆的错觉。我听说潘巧云出轨了，第一反应肯定就是把她碎尸万段！答应饶她，只是审问的技巧；没带刀，只是忘了。而石秀不过是作为兄弟配合我。

一切都源于我自己的愤怒。

因为我是一个顶天立地的好男儿。

天巧星
浪子燕青

浪子燕青

天罡星
玉麒麟盧俊義

燕青：一个浪子的成长

一

燕青是非常有现代感的水浒人物。你把武松放进金庸、古龙的武侠小说里，就会显得有点怪异，但要是把燕青放进去，就不会有太大问题。他完全可以跟杨过一起聊天，跟陆小凤一起拼酒，对方也不会有什么违和感。

而且燕青比杨过和陆小凤还要帅。金庸提到杨过的时候，也就是含含糊糊说了句"相貌清秀"，似乎不是惊天动地的那种帅。但是燕青就不一样，书上浓墨重彩地渲染，"唇若涂朱，睛如点漆，面似堆琼"，还专门为燕青写过一首词：

褐衲袄满身锦簇，青包巾遍体金销。鬓边一朵翠花娇，鹅鹚玉环光耀。　红串绣裙裹肚，白裆素练围腰。落生弩子棒头挑，百万军中偏俏。

可见燕青属于整个梁山的颜值担当。尤其他光膀子的时候，满身刺绣，"一似玉亭柱上铺着软翠"，连吃过见过的李师师看了都动心。用现在的话来说，燕青就属于顶级小鲜肉。

不过帅归帅，书里的燕青跟咱们电视剧里看的不太一样。按照现代人的审美观，燕青多少有点瑕疵。比如说，燕青很矮，只有"六尺以上身材"。

《水浒传》里的度量衡很模糊，弹性很大。比如说卢俊义身高九尺，宋江身高六尺。按这个比例，宋江就算一米五〇，卢俊义也得身高两米二五，这个组合恐怕不太可能。所以对《水浒传》里的身高尺寸，不能当成真实数字，只能当成修饰词。施耐庵的意思就是宋江很矮，卢俊义很高。

至于燕青这"六尺以上身材"，按照书中细节来推测的话，估计也就是一米六上下。用现代人的角度看，多少有点偏矮，但按古代人的审美观，男人太高了就显得不够精致俊美，燕青这个身高恰到好处。

此外，燕青有胡子，"三牙掩口细髯"，似乎也不太符合现在小鲜肉的主流形象。那"三牙掩口细髯"到底是什么样子呢？往好处想的话，大致有点像电影演员张震的造型吧。

根据书上的描述，燕青应该比张震更俊俏。因为他长得太俊俏了，还产生了一个问题：有些现代读者怀疑他是卢俊义的娈童。宋朝确实有玩弄男色的风气，卢俊义是个大财主，家里养着这么一个俊俏后生，不是娈童又是什么呢？

其实这个说法是不靠谱的。《水浒传》里交代了，燕青很小的时候就父母双亡，是个孤儿，卢俊义把他从小养到大，并非是贪图俊俏而从半路买来的娈童。且书里并没有暗示他们有什么不正当关系。后来卢俊义带兵打仗，燕青跟在身边，这么多机会，施耐庵也没有说"见天色已晚，俩人一处歇了"呀，反倒是李逵和燕青一起抵足而眠过。

二

从书中看，燕青和卢俊义之间有一半像主仆，另一半像父子或者兄弟。

卢俊义对燕青应该是比较宠溺的。燕青小日子过得很爽。他外号"浪子"，吹拉弹唱、拆白道字、顶真续麻，无一不精。这些本事从哪儿学来的？都是从风月场里。

卢俊义出门的时候，就特意叮嘱燕青：我出门了，你收点儿心，"不可出去三瓦两舍打哄"。所谓三瓦两舍，就是勾栏瓦舍、茶楼妓院这种地方。卢俊义如此叮嘱，说明燕青平时就没少去。

当浪子是要花钱的。没钱你浪什么浪？勾栏瓦舍，都是销金的所在。老鸨子做的是生意，不是说你长得俊俏，就可以不花钱的。燕青一个孤儿，过得跟富二代似的，哪儿来的钱？还不是卢俊义给的：拿着银子，嫖去吧，别惹事。

而且燕青不光有钱花，整体生存环境也不错。他性格开朗平和，一点都不偏激。作为一个孤儿，如果始终缺乏关爱和照顾，性格不太可能是这个样子。

这就有点像《笑傲江湖》里的令狐冲。令狐冲也是孤儿，被岳不群抚养长大。岳不群是个装模作样的伪君子，和令狐冲的关系也不亲近。令狐冲能够变成后来的样子，跟岳夫人有直接关系。岳夫人秉性善良，对令狐冲有一种母亲式的关爱。人在成长期的时候，是需要这种关怀的。令狐冲感受过世间的温暖，所以长大以后才有健全光明的心胸。燕青也是如此。而从书里看，给予他这份温暖的人，只会是卢俊义。

卢俊义的性格不太讨喜，牛气哄哄，刚愎自用，外加情商低。但他一定有善良温情的一面，否则也不可能把一个孤儿培养成浪子燕青。就冲这一点，卢俊义就值得我们给予一份敬意。

不过卢俊义有一个问题，他对燕青虽然不错，但是始终不太信任他。

比如说卢俊义从梁山回来那次。当时他中了吴用的计谋，从大名府跑到山东，被梁山捉到山上又放了。就在他快到家的时候，碰见了燕青。燕青已经成了个要饭的，头巾破碎，衣衫褴褛。他对卢俊义说：管家李固和主母勾结起来，说卢俊义投靠了梁山，还把自己赶了出来。

卢俊义完全不相信，根本不听燕青的分辩：你这厮休来放屁！肯定是你在外头惹事，才被赶出来了！

他一脚踢倒燕青，赶回家里，进门就问：燕青安在？小乙哥怎么回事？

结果被差役直接抓走，关进了牢房，差点把命都丢了。

类似的事情，后来还发生过。

比如卢俊义带兵攻打王庆的时候，有一次要带兵出战，燕青觉得有问题，建议不要出兵。卢俊义还是听都不要听。燕青就退让了一步，要求分给他五百士兵。

卢俊义问：燕青你要干吗？燕青说：您别管，把五百士兵给我就行了。

卢俊义拗不过他，把士兵分给他了，但是"冷笑不止"。燕青领着五百人在那里砍树，卢俊义看了更觉得好笑，也没理他，带兵打仗去了，结果出门被杀得一败涂地。幸亏燕青用树木搭了一座浮桥，卢俊义才安全撤回，不然真的要全军覆没了。

几乎所有人都觉得燕青很能干，但卢俊义偏偏不怎么认可他。整本书下来，他只主动夸奖过燕青摔跤的本事，说是"三番上岱岳争交，天下无对"。除此之外，他就不怎么把燕青当回事了。就连燕青最后向他辞行的时候，他也只是笑道："看你到那里！"就像父母面对一个吵吵着要离家出走的熊孩子。

为什么会这样呢？

有人说这是因为俩人是主仆关系，卢俊义在摆大老爷的谱。其实并非如此。一开始，卢俊义心里可能确实有主仆的概念。可是到了后来，他真是把燕青当亲人看的。打完方腊以后，他就感慨说，打仗死了这么多人，好在"幸存我一家二人性命"。由此可见，在卢俊义心目中，所谓家也就是他和燕青两人了。

而且如果仔细阅读《水浒传》里两个人的对话，就会发现：卢俊义对燕青，与其说是主人对仆人的颐指气使，倒不如说是大人对孩子的居高临下。

要么就是不放心地叮嘱：我出去这几天，别出去惹事啊，老实在家待着。

要么就是对熊孩子发脾气的架势：放屁，撒谎！你肯定是闯祸了！

要么就是一副不当回事的宠溺样子：我要打仗干正事呢，好好，给你五百个兵，砍树玩儿去吧！

这是不是有点像大人干活的时候，为了让孩子安静，随手扔给孩子一个游戏机？

真正的问题不是卢俊义把燕青当仆人，而是把他当孩子。他们两个人相处的时候，有很强烈的父子感，至少也是长兄和幼弟的感觉。别看燕青一次又一次地救过卢俊义，可在卢俊义眼里，燕青似乎永远是没长大的孩子，永远是当年作为孤儿来到自己家里的样子。

其实这是很常见的心理。你不管长到多大，哪怕胡子一大把了，爹妈可能还是会叮嘱你过马路小心点儿，早上要吃早餐，天冷了要穿秋裤，好像你永远是那个不知道照顾自己、总是在闯祸的小孩子。

中国传统父母很少正面夸奖孩子，总是喜欢批评他们，这也不对，那也不对：你什么时候才能懂事？你怎么老惹事？你怎么就不能让我省点心？卢俊义对燕青也是这个态度。他并不是想压制他，只是一种本能的反应。

这种关系，好的地方是有一份温情在，坏的地方就是不把对方当成独立的个体。

三

燕青面临着成长的瓶颈。

卢俊义给他提供了一个温室般的环境，每天唱歌、吹曲、摔跤、做游戏、逛街，当然还有找花姑娘。燕青天资极好，确实学会了很多东西。但是，这个舒适环境像一个笼子，限制了他的发展。他不知道笼子之外有什么，他也不知道怎么发挥自己的潜能，而且好像也没发挥的必要。

所以一旦出事，燕青就傻眼了。

在《水浒传》里，存在着两个燕青。

一个是梁山版的燕青，机灵能干，随机应变，被称为"天巧星"。

还有一个则是大名府版的燕青，虽然忠心耿耿，但处理事情的能力非常低下。

梁山版的燕青，见人说人话，见鬼说鬼话，没有他去不了的地方，没有他探不来的情报，跟谁都能处得来。而大名府版的燕青,被李固赶出家门的时候,连口饭都吃不上,只能乞讨。

当然,书里也交代了,"但有人安着燕青在家歇的,他(李固)便舍半个家私和他打官司,因此无人敢着。小乙在城中安不得身,只得来城外求乞度日"。可就算没人敢收留他,作为一个土生土长、赫赫有名的"浪子",居然到了城外就连混口饭吃的能力都没有,也实在太过无能了。

读到这一段的时候,金圣叹也觉得有点说不过去。他改动了原文,给燕青贴了一句金:"小乙非是飞不得别处去;因为深知主人必不落草,故此忍这残喘,在这里候见主人一面。"意思是说燕青不是没有生存能力,只是为了等卢俊义,这才要了饭。

这个解释还是有点勉强。而且从其他方面看,燕青也显得很低能,不太会处理事情。

比如说卢俊义被捉进了官府,如果换上梁山版的燕青,肯定会想方设法探听消息,想条出路。可是大名府版的燕青只会哭哭啼啼去见狱长,一见面就跪下,说:可怜可怜我吧!就让我给卢俊义送半罐子饭吧!

而且这饭还是乞讨来的。

这哪里是浪子燕青?简直像阳谷县的郓哥嘛。

后来,卢俊义被发配到沙门岛,半路上差点被害死。燕青杀了两个解差,把卢俊义给劫了,这算是他的一个闪光点。但很快他就犯了昏着儿。按理说,劫完以后就赶紧跑啊,官府肯定要通缉你们啊。他们俩居然还去村店里吃饭。

吃饭也就吃饭，吃完赶紧走呗。不，店里只有饭，没有菜。卢俊义和燕青这两个少爷羔子吃不下。燕青居然拿了弩箭，跑到树林里打野味去了。

你们这是逃难呢，还是逛农家乐呢？刚杀了人，还吃哪门子的野味，吃两碗白饭又怎么了？

燕青一走，没人照看卢俊义，卢俊义的脚又有伤，结果就被赶来的差役捉走了。燕青弄丢了卢俊义，彻底傻眼，只能跑到梁山去报信。路上没钱，燕青又想抢东西，谁料被杨雄一棒子打翻，差点把命都丢了。

总之，大名府版的燕青在处理事情的时候，思路不清，昏着儿不断，生存能力低下。

说起来这也不奇怪。燕青一直生活在卢俊义的羽翼之下。卢俊义把他当成孩子一样对待，他也就真的只有孩子般的能力。别看他当时已经有二十四岁了，但心智并不成熟，本质上还是个大孩子。

在他的身体里，沉睡着一个梁山版的"天巧星"燕青，但是要把那个燕青释放出来，首先就要走出卢俊义的阴影，去到一个更开阔的地方。在那里，人们会把他当成独立的个体，根据他的行为来评判他。

四

对很多人来说，梁山都是一个无奈之地，实在走投无路才上梁山。可是对燕青来说，梁山却是一个自由而刺激的乐园。在这里，他找到了自信，变得越来越成熟。

懵懂的大名府浪子不见了，才华横溢的"天巧星"破壳而出。

这其中有一个很大的原因，就是他和卢俊义产生了距离。宋江把燕青安排在右耳房，跟戴宗一个屋，紧挨着宋江的办公室。而卢俊义的办公室在大厅的另一侧，和燕青有相当的距离。宋江这么安排，当然有他的用意。但无论如何，燕青独立出来了，一下子摆脱了卢俊义的阴影。

燕青再次亮相的时候，差不多就是将近两年之后了。这两年的时间里，到底发生了什么？书中没有明确交代。但对燕青来说，这肯定是一段快速成长的过程。

等他再上场的时候，已经可以执行高难度的任务。他先是配合柴进，骗取了进皇宫的通行证；接着又打通老鸨子的关节，让宋江顺利见到李师师。

两年前在大名府的时候，燕青见了蔡狱长只会哭哭啼啼下跪：可怜可怜我吧！

现在到了东京汴梁，燕青便把公务员王观察、老鸨子李妈妈都唬得一愣一愣的。

此后的燕青，一个胜利接着一个胜利：一会儿在山东打擂，一会儿献三晋地图，一会儿在龙门关救卢俊义，一会儿在方腊那里做卧底。而他的巅峰时刻是在东京汴梁，他拜李师师当干姐，见到了宋徽宗，促成了梁山的招安，还顺手为自己弄到了一份赦罪文书。

这些过程中，燕青表现出了极高的应变能力，对付三教九流的人都有一套。跟老鸨子李妈妈，他上去就套近乎："小人是张乙儿的儿子张闲的便是，从小在外，今日方归。"天下这么多姓张的，老鸨子一听就迷惑了，想了半天恍然大悟："你不是太平桥下小张闲么？"燕青马上就顺杆爬，"正是小人！"一下子成了老鸨子的熟人。

对汴京城的监门官，他能摆出官架子来吓唬："你便是了事的公人，将着自家人只管盘问！俺两个从小在开封府勾当，这门下不知出入了几万遭，你颠倒只管盘问，梁山泊人，眼睁睁的都放他过去了。"掏出假公文，一把丢在人家脸上。结果吓得监门官也不敢仔细盘查。

见了李师师，他又能拿出做低伏小的姿态，温文尔雅，讨对方的欢心。等李师师显得对他有点动心的时候，燕青又能马上控制住局面，"小人今年二十有五，却小两年。娘子既然错爱，愿拜为姐姐！"起身就给李师师拜了八拜，成了人家的弟弟。

大名府版的燕青遇事慌乱，处处碰壁，而梁山版的燕青几近完美，侦查能力超强，战场表现优秀，干什么成什么，一次都没失过手。就像书里评价的那样，"虽是三十六星之末，却机巧心灵,多见广识,了身达命,都强似那三十五个"。

而这个转变的关键,就是书中留白的那两年。

那两年里,燕青完成了人生的转变。他从一个大孩子变成了成人。卢俊义确实培养了他,但要成就自己,燕青就必须离开卢俊义的影响。

这就像一个关于青春成长的故事。而在中国,这样的故事一代又一代,不断地上演。

五

燕青的心灵属于城市。

他是一个典型的市井人物,流连的是平康巷陌,喜欢的是风月勾栏。燕青没有什么雄心壮志,所以不受权力和荣誉的引诱。无论是小吏出身的宋江,还是富豪出身的卢俊义,盼的都是"衣锦还乡,封妻荫子",而燕青对此毫无兴趣。他只想吟风弄月,轻松潇洒地过一生。

所以,在征方腊的战争结束以后,他就挑着一担金珠宝贝走了。别的人物离开的时候,都没有提到钱的问题。武松和鲁智深他们更是把金银都分掉了,可燕青不会。他知道钱的价值,也想过舒适轻松的生活。他可不想跟自己过不去。

一句话:燕青对人生很有规划,也看得很开。

但是"看得开"的另一面,就是"看得淡",洒脱的背后往往就有点无情。

也许在风月场所流连久了，对人性的各个侧面看得多了，人就容易淡漠。浪子燕青对别人就有点冷。看着他和谁都处得来，但他对谁也都不太在乎。就像李逵和他是要好的朋友，经常一起出去探险；柴进跟他一起出生入死搭档过，也算是鲜血结成的友谊。可实际上，燕青并没把他们当回事。

走的时候，他跟这些人连招呼都没打，只给宋江留下了一封很傲娇的信：

> 雁序分飞自可惊，纳还官诰不求荣。
> 身边自有君王赦，洒脱风尘过此生。

我有徽宗皇帝亲笔写的赦书，哼！

写完诗，燕青挑着一担金珠宝贝就走了。

在"四柳村捉鬼"那一段情节里，也能看出燕青的性情。

前面我们介绍过这段故事，但没有提到燕青的态度。当时李逵和燕青结伴回梁山，路过四柳村。村里的狄太公说女儿被鬼魇了，求李逵捉鬼。李逵拿了板斧，要到狄小姐房里去，这个时候燕青就在他身边。

燕青是个机灵人，也明白李逵的脾气，当然知道会出事。按理说，燕青应该拦一下。而且燕青完全有控制李逵的能力。他擅长摔跤，李逵多次被他摔翻过，见了他就没脾气。燕青要是说点什么，李逵还是肯听的。

可是燕青什么都没说，只是坐在旁边"冷笑"，酒肉也不肯吃，就等着看笑话。

结果出事了。李逵把狄小姐和她的情人砍死，还拿起双斧，把尸身一通乱剁，场面惨不忍睹。狄太公看了，当然号啕大哭。那么燕青又是什么反应呢？跟没事人似的，"寻了个房，和李逵自去歇息"。第二天起来，燕青还吃了人家的早饭，这才上路。

哪怕换上戴宗，多少也会埋怨几句："你这黑厮，又来惹祸！"可燕青什么反应都没有。整个过程中，他就是一个冷冷的旁观者，内心毫无波澜。

这些事跟他没关系，他不在乎。

六

电视剧导演喜欢把燕青和李师师安排成一对挚爱情侣，这就纯属现代人的妄念了。在《水浒传》这本书里，燕青对李师师完全没感觉，就是把对方单纯地当成一个工具，利用她来接近皇帝。

燕青归隐江湖的时候，也不会去找李师师。李师师是皇帝的情人，他怎么会去惹这个麻烦呢？惹了这个麻烦，还怎么"洒脱风尘过此生"？

美女嘛，有的是。

燕青真正牵挂的只有一个人，那就是卢俊义。

这就像一个渣男浪子阅尽春色，心里头却放不下初恋；或者像一个杀人无数的黑社会老大，看见老祖母就瞬间变成小绵羊。燕青什么都看得开，只对卢俊义的事儿看不开。他心里有一块最柔软的地方，卢俊义就窝在那里。

是卢俊义把他从孤儿培养成了浪子燕青，是卢俊义给他提供了一个温暖的成长环境，这种好，燕青一辈子都忘不掉。

人的感情是有点奇怪的。完全成熟以后，你对他再好，他未必刻骨铭心。但是在他成长的阶段，你对他的好，往往就会留下深刻的印痕。这就像爱情。人们在青春时代的爱情，往往能够最忘我，最彻底。而完全成熟以后，爱情往往就免不了沾上一些功利的考量、现实的尘土。

卢俊义在乎燕青，但并不是特别在乎燕青。对他来说，他就是一个从小养大的孤儿，一个心腹，一个大孩子。如此而已。但对于燕青来说，卢俊义是他可以豁出命去保护的人。

卢俊义出事的时候，燕青全心全意地救他，乞讨、杀人、逃亡、落草，什么都可以干。上梁山之后，两个人的距离变远了，这给了燕青成长的空间。但是，他对卢俊义的感情并没有变化。

归隐之前，他找到卢俊义，劝他跟自己一起走，讲了一通很长的大道理。

卢俊义拒绝了，反问燕青要去哪里。

燕青的回答是：也只在主公前后。

即便他洒脱风尘,归隐江湖,还是不会离卢俊义太远。卢俊义需要他的时候,他还是会过来。但是卢俊义很快就被毒死了,没有机会召唤他。所以燕青在书里就此消失了。

他再也了无牵挂。

七

有些读者解读"只在主公前后"这句话的时候,猜测燕青会自杀殉死。这当然是胡说。

燕青不是吴用,更不是李逵。别人在梁山找到了首领,燕青则在梁山寻找到了独立的人生。他可能会为了卢俊义拼命,但不会为了他殉死。他不是忠君的日本武士,而是一个啸歌红尘、穿飞花丛的中国浪子。

就像偏爱鲁智深一样,作者也很偏爱燕青,给他加了不少偶像光环。作者舍不得让他像张顺那样战死,舍不得让他像林冲那样病死,舍不得让他像宋江那样被毒死,甚至也舍不得让他像黄信、孙立那样陷入平庸俗气的官场,而是让他洒脱地离开,如同一只轻灵自由的燕子。

施耐庵没有明确交代他的归宿,但是这种留白给了读者更大的想象空间,以及更美好的希望。也许这是作者在黑暗暴戾的《水浒》世界里,特意涂抹的一线光明。

天微星
九纹龙史进

九紋龍史進

地魁星

神机军师朱武

史进：十八岁的少年血

一

梁山好汉里，最早出场的一个就是史进。

作者如此安排，可能跟他的名字有关。"史进"二字并非施耐庵的杜撰。在梁山故事最早的原型《大宋宣和遗事》里，就有史进这个人物，只不过没有任何事迹。按照研究者的猜测，施耐庵多半是看中了"进"这个字，所以才把史进放到了全书的开头，表示由此人而进入《水浒》世界。

如果这个说法成立，那史进就是《水浒传》的迎宾者，就像站在大酒店前面的门童一样，史进也确实和门童一样年轻。梁山好汉出场的时候，一般都是二三十岁，史进出场时却只有十八九岁，还是个英气勃勃的少年。

那是在全书的第一回。这一回的文字很特别，跟后面的文风不太一样，有一种温暖和青春的气息。它写风，写月，写松树，写莎草，也写少年的成长，以及人与人之间的情谊。史进周围的一切，似乎充满了阳光。

在故事的一开头，八十万禁军教头王进害怕高俅的迫害，带着母亲向延安府逃亡。半路上，他们投宿到史家村，遇到了史进的父亲史太公。这是一个非常和气的老人，待人又热情又周到。这一段也写得很细。史太公怎么招待王进母子，怎么请他们吃饭，怎么找人给他喂马，怎么给他们安排住宿。

王进本来第二天要接着赶路，不料母亲夜里忽然生病，搞得进退两难。好在史太公很热心，一边找人抓药，一边让他们安心住下，住到病好了再说。史太公不过是个乡村富户，帮助王进也没有什么功利目的，就是单纯的善良。

这个时候，史进出场了，光着脊梁，刺着一身青龙，"银盘也似一个面皮"，拿着棒在那里舞。什么叫"银盘也似一个面皮"呢？现代人可能会联想到一个大饼子脸，但在古代语境下，这是形容史进白皙漂亮。推想起来，史进颜值应该还不错，但又没有俊俏到燕青那个程度，所以不值得作者专门写诗赞美，就用一个银盘子打发了。

至于史进当时的武功，那就差得远了。王进是武术行家，一眼就看出来他耍的是"花棒"，只是架子好看，真打起来一点用都没有。这也不奇怪。史进住在乡下，虽说家里有钱，但教育资源毕竟匮乏。在《水浒传》里，有不少城里的二把刀都喜欢冒充武术教练，跑到农村蒙事儿。就连宋江那样的，都到白虎山孔家庄去"点拨"人家武功。就是骗人嘛。史进找过很多老师，连打把式卖膏药的李忠都教过他，家里花了不知道多少钱财，最后也只学了个花架子。现在八十万禁军教头王进从天而降，这相当于现在北京顶级学校的老师，跑到边远山区给孩子一对一当家教，当然是非常难得的机会。

史进抓住了这个机会。他一开始不知道对方来头，年少气盛，当然不服气。你说我花架子我就花架子了？我师父李忠号称"打虎将"你知道吗？结果双方伸手较量，王进只用了一招，就把他打翻了。

年轻人往往虚荣心强，爱面子，但是史进表现得很虚心。他被打翻以后，爬起来就给王进下拜，喊他"师父"，说："我枉自经了许多师家，原来不直半分！师父，没奈何，只得请教！"而王进也就真的留了下来，用了半年多的时间教给他各种武艺。史进的武功变得相当高，虽然比不了林冲、武松这种绝顶高手，但在梁山好汉里肯定算是上游水平。

史进遇到王进这样的师父，当然是他的幸运，他有史太公这样的父亲，也是他的幸运。史太公善良而豁达，很尊重儿子的选择。

史太公跟王进说："儿子不爱务农，只爱刺枪使棒；母亲说他不得，一气死了。老汉只得随他性子。"但这个说法很成问题。史进只是喜欢枪棒，又没有干什么坏事，当妈的脾气再大，也不至于这么轻易被气死。史太公对儿子的态度，也根本不是放任自流随他去，而是百分之一百二的支持。

儿子喜欢文身，史太公就给他文九条龙的浑身花绣；儿子喜欢学武，就花大价钱给他四处找师父。史太公自己一力撺掇儿子去跟王进学武，王进答应以后，史太公的反应是"大喜"。这明明是望子成龙，全力支持，哪里是无奈放任的样子？我甚至有点怀疑史太公自己心中就有一个"武术梦"。

按照当时的社会观念，儿子不好好务农，使枪弄棒的，属于不守本分，做父亲的应该反对才是。所以史太公对王进的那番话，更像是一套言不由衷的说辞，为自己的育儿态度做辩护。

其实，史太公对儿子的教养还是成功的。史进并没有被宠溺成一个自私的坏孩子。他性格直爽坦荡，很重感情。师父王进要走的时候，他一力挽留，说要奉养他们母子，以终天年。王进去意已决，史进没办法，拿给师父一百两银子，又送出去十里路，"中心难舍"，最后才洒泪而别。

对父亲他也是孝敬的。史太公得病的时候，史进到处求医问药，最后太公过世，史进"一面备棺椁盛殓，请僧修设好事，追斋理七，荐拔太公。又请道士建立斋醮，超度生天。整做了十数坛好事功果道场"。书上不厌其烦地列举了殡葬的细节，葬礼的规模，就是要告诉读者，史进是个重感情的孝顺儿子。

现在父亲不在了，史进成了庄主。他相貌英俊，武艺高强，加之年少多金，无忧无虑。盛夏之日，他坐在打麦场柳荫树下乘凉，对面松林透过阵阵凉风，一副安逸的田园风光。《水浒传》里难得有这样的悠闲笔调，一切都显得如此美好。

然后事情就急转直下了。

二

史进沾染上了少华山的盗匪。

少华山就在史家村附近，山寨为首的有三个头领：朱武、陈达、杨春。这三个名字没有更早的来源，是作者自己起的，很可能是为了隐喻朱元璋（洪武帝）、徐达、常遇春。不过这三个人物形象跟朱元璋他们一点儿都不像。加这么个隐喻，估计也就是为了暗示明朝开国皇帝跟绿林强盗没什么区别，不过成则帝王，败则贼寇而已。

一开始，史进对少华山的态度是坚决打击。他声称要保境安民，严防进犯，为此还专门组织了史家村自卫队。过了没多久，陈达还真带着一支队伍过来了。他倒不是想抢劫史家村，而是要借路攻打华阴县。

借路也不行。

史进正当着"里正"这个差事，所谓"里正"，跟晁盖当的"保正"差不多，相当于官方认可的管理者。史进觉得自己是官人儿，眼里不揉沙子："汝等杀人放火，打家劫舍，犯着迷天大罪，都是该死的人！""俺家见当里正，正要来拿你这伙贼。今日到来，经由我村中过，却不拿你，倒放你过去？本县知道，须连累于我。"觉悟显得很高。

两人一交手，史进把陈达生擒活捉，绑在大厅的柱子上，准备送到官府请赏。

此时此刻，史进表现得像是一个白道上的英雄，跟黑道势不两立。周围的人也都一起喝彩："不枉了史大郎如此豪杰！"史进自己也是踌躇满志，顾视自雄。

可是，少华山另外两个首领朱武和杨春很快也来了。他们不是来打仗的，一见面就下跪，跪下就流泪："我们三个当初发愿'不求同日生，只愿同日死'，现在陈达误犯虎威，被英雄捉了，我们今来一径就死。望英雄将我三人，一发解官请赏，誓不皱眉。我等就英雄手内请死，并无怨心。"

一听这话，史进愣在那儿了。

朱武号称"神机军师"，动手打架不行，但在动心眼这块儿，十个史进撂在一块儿也比不上他。这就是他定的苦肉计。这个计谋要说风险，确实也有风险。万一史进是个冷面杀手，"来得好！两位既然这么仗义，就恭敬不如从命了！"那他就真掉脑袋了。所以我们还是得承认，朱武对陈达还是讲义气的。

但是他能这么做，很大程度上还是因为猜透了史进的少年心性。年轻人，毕竟好哄。结果史进确实如他所料，面对跪在地上的朱武、杨春，他下不去手了："他们直恁义气！我若拿他去解官请赏时，反教天下好汉们耻笑我不英雄。自古道：'大虫不吃伏肉'。"

史进把他们俩领进去屋里。一进门，他们俩又扑通跪下了，请史进把自己绑起来。这就有点假了。金圣叹读到此处，也忍不住点评说："此反嫌其诈。"史进三番五次请他们俩起来，他们俩就是不起来，"把我们绑起来吧，绑起来吧！"这就显得更假了。

最后史进说："那我把陈达放还你们吧。"朱武还要表示反对："休得连累了英雄，不当稳便，宁可把我们去解官请赏。"这就特别特别的假了。

换上一个比较有社会阅历的人，就会看出这是在演戏，朱武是在用高姿态逼史进放人。用现在的话说，这就是道德绑架："我们这么讲义气，甚至还宁死也不愿意连累你，这么好的人，你真舍得让我们去死？那请问你又成什么人了？"一旦察觉其中的道德绑架成分，就算拘于面子，把人放了，心里头多半也会有点堵得慌。

但是史进涉世不深，完全被朱武玩弄于股掌之上。他高高兴兴地把人放了，既没有不高兴，也没有意识到其中暗藏的风险。

过了十几天，朱武他们派人送来了三十两蒜条金，史进居然也收了。他倒不是贪财，史进很有钱，出手也一向阔绰，对钱没有太多概念。他收钱主要表明一个态度："我不忌讳和你们来往。"

很快，他就回了礼，准备了三件锦袄，还煮了三只大肥羊，让人送到了少华山。就这样，史进和少华山开始频繁往来。

朱武他们是官府全力对付的绿林盗匪。通匪，可是掉脑袋的罪过。宋江私放晁盖以后，也不敢跟梁山来往走动。刘唐来找了他一次，宋江都吓得要死，叮嘱他以后千万别再来了。这就是因为风险实在太大了。

史进其实丝毫没有落草的意思，一心一意当他的庄主兼里正。既然如此，他为什么要冒这个风险呢？也没别的，就是觉得为人要仗义，再加上脸皮薄，爱面子。对方把你当朋友，你要是说："哎呀，你别来了，我害怕！"那显得多不仗义，多没出息。

这个时候的史进，确实是年少轻狂。

三

天下没有不透风的墙，最后当然还是出事了。

史进请三位首领到家里过中秋节。几个人正在喝酒的时候，官府的军队团团围住了庄园，要求史进把人交出来。而史进的反应非常果决，他对朱武说："若是死时，与你们同死；活时同活。"然后一把火烧了自己的庄园，带着朱武他们杀出重围，逃到少华山。

少庄主无忧无虑的生活就此终结。

家产烧光了，就抢救出一点金银细软，人也上了黑名单，史进下一步怎么办呢？朱武劝他留下当寨主，史进拒绝了："我是个清白好汉，如何肯把父母遗体来点污了？你劝我落草，再也休题。"

一般来说，在《水浒传》里，别人劝自己落草，大家拒绝时都会找一些托词。比如杨志说要去汴京找亲戚；宋江说父亲不同意；卢俊义说自己没有犯罪记录，家里还挺有钱，犯不上。很少有人像史进这样，把话说得这么硬。你不肯把父母遗体点污了，那朱武他们就是把父母遗体点污了呗。私下里这么想可以，当面这么说就有点像骂街了。朱武他们听了肯定心里别扭。但史进的性格就是这样，不谙世故，天真率直。

史进的打算是去找师父王进，王进当初离开的时候，说去延安府投奔经略使种谔。史进想通过师父的关系，也去参军。于是他离开少华山，前往延安府。结果师父没找到，却在半道上碰到了鲁智深。

鲁智深这个人看着有点鲁莽，实际上对人有敏锐的直觉。他肯客客气气说话的人，一般人品都还可以，至少有闪光点。而他见面就怼的人，也确实都有一些问题。在《水浒传》里，鲁智深几乎就像一个人品鉴别器。

而鲁智深特别喜欢史进，第一眼就喜欢，说话少有的客气，称呼起来不是"阿哥"就是"大郎"。头次见面，鲁智深走路的时候还要"挽了史进的手"，极其亲密。想来还是史进身上那种爽朗阳光的气质，让鲁智深产生了好感。而反过来说，史进交了这么多朋友，最后能称得上挚友的，也就鲁智深一个。

但是小说情节发展得很快，金翠莲突然出现了，鲁智深打死"镇关西"后亡命天涯。故事线转到了鲁智深身上，史进在书中消失了一阵子。等到鲁智深再次遇见他的时候,史进在干什么呢?

在拦路抢劫。

这真是一个讽刺性的转折。从史进离开少华山,到拦路抢劫,算起来不过半年的时间。半年前他还口口声声"我是个清白好汉,如何肯把父母遗体来点污了?",现在却变成剪径的强盗。鲁智深问他有什么打算,史进说:"没办法,我如今只能再回少华山,去投奔朱武他们了。"

当年意气风发,带着自卫队要保境安民的史家公子不见了;那个对人家的建议嗤之以鼻——"你劝我落草,再也休题!"——的少年豪俊也不见了。现在的史进只能靠抢点钱吃饭,好挣扎回少华山,去厚着脸皮主动要求落草。

现实真是太残酷了。

那么中间发生什么事儿了呢?其实也没发生什么戏剧性事件,就是史进没找到师父王进。像他这样上了黑名单的人,没有过硬的关系很难参加军队。史进没办法,只能到处瞎转悠,结果把钱花光了。

这也难怪。史进本是个大手大脚的人。当初鲁智深要借钱给金翠莲,史进出手就是十两银子,还不是借,直接送,"直甚么,要哥哥还"。这当然很豪爽。但要是没有挣钱的本事打底,豪爽的结果就是破产。史进小少爷出身,不会挣钱。师父李忠至少还会打把式卖膏药,他连这个本事也没有,想来想去只好去抢劫,抢够了路费就回少华山落草。

这让我想起了另一个人物：《笑傲江湖》里的令狐冲。

令狐冲跟史进的经历有几分相似。史进是官府认可的"里正"，令狐冲则是名门正派的大弟子，一开始都是白道中人；史进得了八十万禁军教头王进的点拨，而令狐冲得了华山名宿风清扬的真传，也都有不错的习武机缘；而最后他们也都因为"结交奸邪"惹出了麻烦，史进是跟少华山强盗有染，令狐冲则是跟魔教中人来往，最后都被赶出了白道。但不同的是，令狐冲仗剑天涯，迭逢奇遇，不仅当了恒山派掌门，还娶了魔教圣姑任盈盈，走上了人生巅峰。而史进仗剑天涯的结果，是连饭都吃不上，只能靠抢劫过日子。

令狐冲拥有的是我们梦想中的开挂人生，而史进过的是现实中的尴尬生活。少年意气，拏云心事，在现实面前，史进撞得头破血流。

四

史进回到少华山，做了大寨主。

他能做大寨主，主要原因是武功高，少华山缺少这么一个冲锋陷阵的头领。但另一方面，朱武他们对史进也有感激之情。人家抓住你，饶了不杀，还因为你家业荡尽，走投无路，如果说朱武他们一点感激之情都没有，那也不近情理。

但感激不等于喜欢。

陈达和杨春在书中有点像隐形人，很难说清他们的态度，但至少朱武是不喜欢史进的。这也不奇怪，他们从根本上来说就不是一路人。史进是冲动型的热血青年，性格清浅如水，脑子里还有某些理想主义的情结。朱武却是个满腹机心的"神机军师"，对史进的做派肯定是厌憎不满的。原有的那点感激之情，随着时间的流逝，也就磨损得差不多了。关于这一点，后来史进出事的时候，从朱武的表现就能看出端倪。

史进出事，是在他当寨主的第五年。事情大致经过是这样：大名府有一个画匠王义，带了女儿玉娇枝出门，路上碰见了华州的太守。太守见色起意，把玉娇枝抢走了，又找了个罪名发配了王义。史进正好下山，路遇王义。他得知此事后，不但救了王义，还跑到华州要去刺杀太守，结果失手被擒。

这件事听上去有点含糊。史进原来认识不认识王义和玉娇枝？不知道。王义是大名府人，而史进也确实在大名府待过，所以他们可能认识，所以史进才会生这么大气。但到底认识不认识，书中并没明确交代，所以也有可能史进原本不认识他们。他就是像鲁智深救金翠莲似的，单纯地路见不平拔刀相助。

这两种可能性都有。从行文布局来看，作者似乎是想暗示史进和鲁智深的相似性，所以后者的可能性更大。

但不管是哪种可能，这都是一件行侠仗义的事情。梁山好汉虽然经常标榜替天行道，但像这样侠义之事，其实少之又少。史进能这么做，说明心头还有理想主义的光明。虽然劫了道，虽然落了草，但当年那个热血少年并没有彻底死去。

在我们看，这是侠义，可在朱武看来，这肯定是胡闹至极的举动。出事之后，朱武并没有采取任何营救措施，也没向其他山头求援，就和陈达、杨春他们在山寨里坐着。后来还是鲁智深碰巧过来找史进，才知道了这回事。

鲁智深对朱武态度非常恶劣，而且是一见面就恶劣。朱武说一句，他怼一句，甚至在知道史进出事之前，他就开始怼了。朱武刚一寒暄"且请到山寨中"，鲁智深就掉脸子："有话便说，待一待，谁鸟奈烦？"跟他初见史进时的谈吐，完全不像一个人。

这只能说鲁智深本能地厌恶朱武。朱武和史进的性格就像两个极端，鲁智深有多喜欢史进，就有多厌恶朱武。

朱武在那儿絮絮叨叨讲述事情的经过，说来说去就是他们三个无计可施。从头到尾，朱武也没有对史进的状况表示担心，他忧虑的是华州知府会不会来扫荡山寨。

当年官军围困史进庄园的时候，史进对朱武说："若是死时，与你们同死；活时同活。"然后放火烧了自己的家。可现在朱武却丝毫没有跟他同死的意思，倒是对自己的家充满爱惜，唯恐被"扫荡"了。

如果史进听到这段对话，不知道心中会做何感想。

好在他还有一个朋友鲁智深。鲁智深和武松一起来的少华山，鲁智深径自跑到华州去救史进，武松则跑到梁山搬救兵，最后折腾了一大圈，总算把史进救了，把华州太守杀了。少华山也整体并入了梁山系统,事情算是有了个圆满解决。

但书中留下了一个问题:玉娇枝最后哪儿去了?按照常情推断,杀掉华州太守以后,应该把玉娇枝送还给她父亲。但书上没交代,作者把她给忘了。倒是金圣叹读到此处,觉得是个疏漏,就自己动手加了一句,"玉娇枝早已投井而死"。可能他觉得这样处理最干净。万一史进把持不住,把她带上山去也是个事儿。

五

从书上的情节推断,史进跟玉娇枝可能就没见过面,谈不上什么爱情故事。但是史进确实有女人,只不过这个女人是个妓女。

宋江起兵要攻打东平府的时候,史进自告奋勇要去做内应,攻城之日在里面放火。而史进做内应的理由是:

> 小弟旧在东平府时,与院子里一个娼妓有交,唤做李瑞兰,往来情熟。我如今多将些金银,潜地入城,借他家里安歇。约时定日,哥哥可打城池。

除了董平、王英这样的人渣以外,梁山好汉好像普遍都没什么性需求。也不知道是真没有还是假没有,反正一说起来都"终日只是打熬筋骨",不近女色。至于跟娼妓有染的,除了史进,就只有一个不练武的神医安道全。

当然,嫖娼是不好的。但话说回来,都是占山为王,史进拿着钱下山嫖娼,总比王英那样抓女人上来强奸要好吧。而且在梁山那种反性的环境里,史进至少显得有正常健康的人性需求。宋江说:"但凡好汉犯了'溜骨髓'三个字的,好生惹人耻笑。"而史进大大方方表示"小弟与院子里一个娼妓有交"。两相对比,反而是史进自然洒脱一些。

但是,很可惜,史进这次又犯傻了。这么多年过去,他还是像当年那个天真的少年郎一样,太容易相信别人。

他到了李瑞兰家以后,把情况和盘托出:"我如今在梁山泊做了头领,不曾有功。如今哥哥要来打城借粮,我把你家备细说了。如今我特地来做细作,有一包金银相送与你,切不可走透了消息。明日事完,一发带你一家上山快活。"

在旁观者看来,史进的这种做法很莽撞。你怎么知道人家愿意冒险收留你?你又怎么知道人家愿意跟你上梁山?推想起来,李瑞兰和他之间,可能有过甜言蜜语的承诺。但李瑞兰只是随便说说,而史进就真的觉得两人"情熟",可托生死。

吴用知道了这件事,非常吃惊。他说,这种行业的人,迎新送旧,见人说人话,见鬼说鬼话,史进怎么能相信她们的甜言蜜语呢?但是史进就是相信。只要对方说得诚恳些,史进什么都信。

李瑞兰收了金银,含糊答应了,史进就高高兴兴地坐那儿聊天，一点猜疑的念头都没有。李瑞兰楼上楼下跑了几趟，回来以后，脸色红白不定，史进还傻乎乎地问李瑞兰："你怎么了？是不是你家里有事儿啊？"

当然有事，人家到官府告发你去了！

没过多久，公差就冲进来一拥而上，把史进捆翻在地，押到了府衙。大堂之上，衙役"将冷水来喷，两边腿上各打一百大棍"，史进任凭拷打，一言不发。但就在这片沉默中，他的恨意却疯狂滋生。

等到梁山攻破东平府，史进第一件事就是冲进李瑞兰家，把她全家斩尽诛绝。这当然很过分，史进以前也没做过这么凶残的事情。其实从李瑞兰的角度看，她也只是为了自保，但史进接受不了这种背叛。

他原来对李瑞兰有多相信，现在就有多仇恨。

六

在《水浒传》的人物里，史进可能对别人是最没有防范心的。他热血，轻信，讲义气，重承诺。如果他活在金庸世界里，肯定会像令狐冲那样，收获很多友谊，许多人会愿意为他赴汤蹈火，同生共死。可是《水浒传》的世界不是按这个逻辑运转的。

除了鲁智深以外，没有谁特别在乎史进。史进就连死的时候，都显得有点孤独。

那是在征方腊的时候，卢俊义率军攻打昱岭关，史进、石秀、陈达、杨春、李忠、薛永六人带队进攻。书上是这么描述的：

> （敌军）飕的一箭，正中史进，搠下马去。五将一齐急急向前救得，上马便回。又见山顶上一声锣响，左右两边松树林里，一齐放箭。五员将顾不得史进，各人逃命而走。

史进被扔下来等死，但是那五个人也没跑掉，最后一起被乱箭射成了刺猬。

听到这个消息后，"神机军师朱武为陈达、杨春垂泪"。同是少华山出来的人，朱武掉泪的时候却独独漏掉了史进。这肯定不是作者无心的疏忽，朱武就是不会为史进流泪。

从头到尾，朱武就没在乎过他。很可能从第一面起，朱武就没喜欢过这个愣头青式的少庄主。"死时同死，活时同活"只是史进一厢情愿的幻觉，就像李瑞兰对他的情义，也不过是他一厢情愿的幻觉。

史进就这样死掉了。

回想多年以前的那个炎热的夏天，史进拿了一把椅子，坐在自己庄园的树荫下面乘凉。对面松林透过风来，史进喝彩道："好凉风！"这个时候的他全然无忧无虑。他还不知道朱武、陈达他们就要来了，这个庄园就要被烧掉了，自己就要流落绿林了，更不知道在自己死后，朱武没有为他掉一滴眼泪。

如果知道后来发生的一切,他还会不会做出同样的抉择?

这让人想起《笑傲江湖》里,岳夫人自杀前,叮嘱令狐冲的一句话:"冲儿,你以后对人,不可心地太好了!"

天満星
美髯公朱仝

美髯公朱仝

天退星
插翅虎雷橫

插翅虎雷橫

雷横、朱仝：我按着你也要报了这个恩！

一

郓城县衙培养了梁山泊的三个高级将领，头一个当然是宋江宋押司，剩下的两个则一个是步兵都头雷横，一个是马兵都头朱仝。

都头到底是什么官儿呢？大致来说，有点像现在的刑警队长。它的顶头上司叫县尉，大致相当于县公安局局长。当然，古代机构的编制和职能，跟现在有很大区别，这么说也只是大致的一个比方。

朱仝和雷横虽然都是都头，但出身并不一样。朱仝是本地的富户，家里很有钱。他当都头，多半就是想在体制内找个安稳工作，并没有指望靠这个来赚多少灰色收入。雷横不同，他是打铁的苦出身，后来挣了点钱，开了一个舂米的作坊。但开作坊只是明面上的买卖，私底下，雷横还干一些违法的生意，比如说组织赌博，再比如说宰牛卖肉。

说到杀牛，这里要讲几句题外话解释一下。宋朝法律禁止屠宰耕牛，哪怕是主人杀自己的牛，也要判处一年的徒刑。理论上来说，只有自然死亡的牛，才可以拿来吃肉。可是规矩是一回事，实际执行又是另一回事。《水浒传》里的好汉动不动就来几斤牛肉，难道都是寿终正寝的老牛肉？民间也有人偷偷摸摸宰牛卖肉，正因为这种事儿违法，所以利润率极高。而雷横就干了这一行。

别看雷横做的买卖见不得光，后来照样混成了都头，在郓城县也算是响当当的人物。不过雷横有个毛病，用书上的话说，就是"虽然仗义，只有些心地褊窄"。雷横的"心地褊窄"，很大程度就表现在贪财上。

在梁山人物里，王英算是个色迷，杨志算是个官迷，而雷横呢，就是个财迷。以前他组织赌博、宰牛卖肉，是为了发财；现在当都头，多少也是为了发财。

这可能跟雷横以前穷怕了有关。朱仝一直家境宽裕，面对钱的问题比较从容，而雷横看见银子就很容易失态。

比如他第一次亮相的时候，就显得很刺目，带着点敲诈良民的意思。

当时知县派朱仝和雷横各带一支队伍，晚上到城外去巡逻。朱仝那支队伍没发生什么事儿，雷横却有发现。他带队走到东溪村的灵官庙，发现供桌上睡着一条大汉。这条大汉就是赤发鬼刘唐。既然赤发鬼嘛，当然长得凶了一点儿。但长得再凶，晚上在庙里睡个觉，也不犯法。古代人赶路的时候，错过宿头，找个破庙睡一觉，也是常有的事情。当然，雷横作为管治安的都头，看见形迹可疑的陌生人，审问几句也是应该的。但是雷横问都没问，直接拿一条绳子把刘唐给捆了，要押去见知县。

雷横这么干，主要是为了向领导邀功。至于证据，也没啥证据，就是觉得"我看那厮不是良善君子"，所以就捆，就吊，就捉走。

不要说现代人了，就算是古代人读到此处，也觉得雷横有点不像话。王望如点评《水浒传》的时候，就说：看见什么了你就捉人家？奉差捕盗，却拿平民请赏，要是换上朱仝断然不会这样。

不过捉了刘唐之后，雷横没有直接回县里，而是带队来到晁盖家。为什么要到晁盖家呢？因为晁盖是东溪村的保正，有点像现在的村长。雷横就想拿刘唐来个"一鱼两吃"，见县官前先见见村长。

当时已经是半夜了，雷横"砰砰啪啪"一通敲门，把晁盖从被窝里叫起来，领着二十个衙役，又是酒又是肉的，吃了晁盖一顿。吃完喝完还不算，他还要让晁盖领他的情。吃你喝你，是为了你好。我在你村里捉了一个坏蛋，晁盖你作为保正，村里出了坏蛋，当然是有责任的。所以，我赶来是"要教保正知道，恐日后父母官问时，保正也好答应"。

这一听就是衙门里头老油子。到了基层，不管什么事儿都要咋咋呼呼一番。没事也要折腾出事,没人情也愣要卖人情。要是静悄悄地来,静悄悄地走,怎么能显出来官府的权威,又怎么能显出来雷都头的重要性?

但是事情发生了转折。

晁盖毕竟是保正,村里捉了个贼,他当然会有好奇心,想去看看是谁。刘唐被吊在门房里,晁盖就偷偷摸了过去。两个人一交谈,晁盖发现这个人是投奔自己来的,还说要送一套"大富贵"给他。于是,晁盖和刘唐就商量好了一套词儿,说刘唐是他外甥,到东溪村找舅舅来了。

等到天亮,雷横要走了,晁盖就和刘唐就开始演戏。一个喊舅舅,一个喊外甥。晁盖还挺入戏,脸红脖子粗地骂:"畜生,几年不见,你怎么做贼了!"

刘唐说:"阿舅!我不曾做贼!"

晁盖又骂:"你既不做贼,如何拿你在这里?"一边说,一边就要拿棍子打。

这话有点扎心了,不像是骂外甥,倒像是骂雷横:"我外甥既然没做贼,你为什么抓他?"

雷横听了也尴尬,只好反过来劝晁盖:"保正息怒!你令甥本不曾做贼。我们只是看着可疑而已。哪里知道是你的外甥啊?自己人,放了放了!"

放也没白放。晁盖掏出来十两银子,而雷横客气了一句,也就收了。

二

说起来,十两银子可真不少了。王婆帮着西门庆勾引潘金莲,操作如此麻烦,风险如此之大,西门庆也不过许给她十两银子。雷横现在放了一个错拿的人,就白白收了十两银子。当都头来钱就是快。

但是,这个钱到底该不该收?

在咱们看来,雷横好像有点过分。既然刘唐没有做贼,你把人家又是捆,又是吊,折腾了一夜,明显属于过度执法。何况你又刚在人家舅舅家里,连吃带喝骚扰了一顿呢。现在误会澄清了,雷横应该向人家舅舅道歉才对,怎么还反过来收人家的钱呢?

但这是我们的想法。如果切换到《水浒传》的时代,那就是另一回事了。对官府来说,只有错拿,没有错放。哪怕真的抓错了,押到堂上打了你一顿,最后说:"啊,原来没你的事啊,那你滚吧!"那你临走也得磕个头,说:"谢谢大老爷,谢谢雷都头。"

你要不识抬举,拧着脖子较真:"既然没我的事儿,凭啥抓我打我?"

大老爷专治各种不服,一个签子扔下来:"好个刁民,再打四十!"

再打完,你的气儿肯定就消了,跪地下磕个头,说:"谢谢大老爷,谢谢雷都头。"

从这个角度看,雷横放了刘唐,确实是卖了晁盖一个人情。晁盖掏银子,说明他懂规矩。

但问题是,这是官府和百姓之间的游戏规则,或者说是猫和老鼠之间的游戏规则。朋友之间不能这样。如果你真拿晁盖当朋友看,那就要遵循另一套人际交往的规则了。你刚吃了人家酒席,擦擦嘴出来,发现错抓了人家外甥,吊了人家一夜,这是很尴尬的事情。雷横也确实很尴尬,说"保正休怪,甚是得罪",话里话外有点害羞的意思。但是再尴尬,也克制不住财迷的本性,他还是忍不住收了人家的钱。

这一收,说明俩人的交情也就值这十两银子。而他在晁盖面前的身份,也就是个"吃拿卡要"的腐败污吏。刘唐后来骂他是"诈害百姓的腌臜泼才",也并没有冤枉他。他就是这么一个货。

其实雷横也知道晁盖是个人物,也想交这个朋友。后来晁盖出事的时候,雷横第一个想法就是放了晁盖,好落个大大的人情。人情就是资源,这个道理他懂。这十两银子要是不收,晁盖就欠他一个不大不小的人情。但问题是,银子这个东西太好了。看见银子,雷横就顾不上人情不人情了。先拿了再说。

现实生活中,我们也能碰到雷横这样的人。见小便宜就占,不占就难受。但是这种人往往混不上去。对小钱看得太重,格局就会变小,反而就显得不够理性了。

而且，雷横这十两银子也不是好收的。

刘唐缓过劲来，越想越生气，居然提了把朴刀，跑来索要这银子。

当时的场面非常不堪。

一个骂："你那诈害百姓的腌臢泼才！诈取我阿舅的银两！"

一个骂："辱门败户的谎贼！贼头贼脸贼骨头！"

一个说："你冤屈人做贼，诈了银子，怎的不还？"

一个说："不是你的银子！不还！不还！"

最后还是晁盖赶来，事情才算了结。晁盖当然一个劲儿替刘唐道歉，雷横说："小人也知那厮胡为，不与他一般见识。"揣着银子，晃晃悠悠地走了，不知道脸红没红。

当然，雷横不肯还银子，一部分是心疼钱，还有一部分确实是面子上有点下不来。但无论如何，这个吃相实在太难看了。如果换上朱仝或者宋江这样的人物，碰见这个局面，肯定是哈哈一笑："本不肯收这银子，实在是保正好意，几番推脱不得，没理会处，权且收了。你来了最好，这就替我还与令舅！"

哪会像雷横这个样子，端着朴刀，像条护食的恶狗一般："不是你的银子，不还！不还！"

雷横做人，也就是这个水平。朱仝背后说他"执迷，不会做人情"，不是没有原因的。

三

不久之后，智取生辰纲事发，官府派朱仝和雷横去捉拿晁盖。俩人都想放走晁盖，落个人情。朱仝聪明，抢到了把守后门的活儿，正面放走了晁盖，落了个大人情。雷横笨，只能在前门打配合，落了个小人情。但不管怎么说，晁盖对他们俩还都是感激的。

等雷横再出场的时候，就是在梁山泊领钱。

雷横出差，路过山下的路口，被小喽啰拦住要买路钱。雷横是个钱狠子，能省就省，马上就报上自己的大名。晁盖他们听说以后，马上把他接到梁山，又是款待，又是送钱。在《水浒传》里，梁山但凡要送钱，对方基本都会推辞。宋江当年就只肯象征性地拿一根金子，公孙胜是只肯拿百分之三十，卢俊义是干脆不要。雷横是个例外，啥都没说，"得了一大包金银下山"，倒是替晁盖他们省了一套送来推去的客气话。

然后回去就出事了。雷横打死了一个娼妓白秀英，吃了官司。

而起因还是跟钱有关。

简单地说，经过大致是这个样子：雷横去勾栏看白秀英表演，身上碰巧没带钱，双方就起了冲突，雷横把白秀英的父亲给打了。白秀英跟知县是老相好，知县就把雷横枷起来示众。雷横的母亲去看儿子，和白秀英发生冲突，白秀英打了雷横的母亲，结果雷横一气之下，把白秀英打死了。

这段故事虽然有点曲折，说起来也比较拗口，但是在历代评论者眼里，它的内核没什么可争议的，就是白秀英仗势欺人，而雷横天性纯孝，目睹母亲受辱，打死白秀英，这是正义之举。

但如果把这个故事仔细复盘一下的话，就会发现情况并不是这么简单。

其实在这段故事里，雷横和白秀英是非常对称的两个人物，几乎可以说是互为镜像。

雷横打了白秀英的父亲，白秀英打了雷横的母亲。

白秀英是替父报仇，雷横是替母报仇。

最后两个人又都付出了代价，一个死，一个逃亡。

要让我说，这跟正义不正义的关系不大，它就是二货爹妈坑儿女的故事。

让我们先看故事的开头。

雷横身为都头，觉得自己是个人物，到勾栏院大模大样坐了"青龙头上第一位"，结果听完了，白秀英按照当时的惯例，托着盘子开始收赏钱。这个时候，雷横才发现身上没带钱，很尴尬。

白秀英确实不厚道，说了几句挖苦话："官人既是来听唱，如何不记得带钱出来？""官人正是教俺望梅止渴，画饼充饥！"这些话很难听，但并没有正面攻击雷横，口口声声还管他叫"官人"。所以雷横虽然羞得满脸通红，也并没发作。

事情到此为止，可能也就过去了。

可这个时候，白秀英的二货爹白玉乔忽然跳出来了。他一张嘴就攻击雷横本人："我儿，你自没眼，不看城里人村里人，只顾问他讨甚么！且过去自问晓事的恩官！"

雷横道："我怎地不是晓事的？"

白玉乔越说越难听："你若省得这子弟门庭时，狗头上生角！"这就是骂街了。

在这个时候，又出现一个转折。当有人认得雷横，说："使不得！这个是本县雷都头！"如果白玉乔不在场，只有女儿白秀英，那么不管前面发生了什么，这句话一出来，白秀英一定会转变态度。

为何这么说呢？因为前文有铺垫。

白秀英并非真正意义上的娼妓，而是卖唱的，但按照当时的社会定位，她这也不是什么正经职业，跟妓女一样，也属于"行院"人员。"行院"里的人到一个新地方开业，需要参见当地都头。

白秀英是知县的相好，背后有靠山，但她并没有破坏规矩，还是老老实实去参见雷横。只是雷横当时正好出差，没碰上。从这件事就能看出来，白秀英并没有狂到不买雷横账的地步。她再有靠山，也还是希望跟衙门的头脑们搞好关系的。

她一开始挖苦雷横，只是因为她不知道对方是谁。现在有人挑明了雷横的身份，白秀英肯定会退让一步，说两句"不知是雷都头，多有得罪！"找个台阶下，这个事情也就过去了。

但是她很不幸，摊上了这么个爹。

白玉乔比女儿张狂得多，知道雷横的身份以后，还接着骂：

"什么雷都头？我看是驴筋头！"什么是驴筋头呢？就是驴的生殖器。这话骂得太难听了。而且知道对方的身份了，还这么骂，那就是彻底的挑衅。雷横果然暴怒，冲上来一拳一脚，把老头牙都打掉了。

这一来，事情的性质就不一样。

从书上的情节推断，白玉乔并不是妓院里的那种"爹爹"，而是她亲爹。就像金老汉是金翠莲的亲爹一样。父亲被打成这样，白秀英不可能退让了，她马上动用了自己的人脉关系。当然，我们可以说这是破坏司法公正。但如果她不这么干，一个都头打了一个卖唱老头，谁会去管？打你怎么了？不服，还打。

白秀英又不会武术，看见父亲被打，只能用这种方式去报复，这也是人之常情。母亲被辱，雷横打死对方，评论者交口称赞，说这是"大孝子"，那白秀英为什么就不能是"大孝女"呢？

后来白秀英为此丧命，追本溯源的话，就是白玉乔这个老头惹的祸。如果老头不这么轻狂，事情绝对不至于闹到这种地步。

但是反过来看，雷横打死人，也是被母亲拖累的。

知县听了白秀英的话，把雷横押到勾栏门口示众。按照规矩，示众应该剥光上衣，捆起来，衙役们当然不肯这么对待雷横。白秀英就不乐意了，逼着衙役们按规矩办事。大家读到这里，往往觉得白秀英有点过分。但如果设身处地想想，父亲被打了，好不容易把对方弄了个示众，结果雷横好好地站在那儿，跟衙役们聊天，白秀英当然有气。

她的想法是:"既是出名奈何了他,只是一怪!"反正我已经得罪你了,那就干脆得罪到底,替父亲出口气!

白秀英倒也没要求加刑,只是要求按照惯例来。衙役们无话可说,就把雷横剥光上衣,捆起来了。雷横并没发作,默默地忍了这口气,肯定想着熬过去也就算了。但这个时候,雷横的母亲来了,看见儿子这样,一边去解绳子,一边骂:"这个贼贱人直恁的倚势!"

白秀英就站在旁边,听见对方骂自己,当然很生气,两人就开始口角。

雷横的母亲跟白玉乔一样,嘴太脏,张嘴就骂:"你这千人骑万人压乱人入的贱母狗!"

对白秀英这个行业的人来说,这话可能是最有杀伤力的。白秀英果然大怒,上去就是一巴掌,然后"赶入去,老大耳光子只顾打"。这一段,完全是雷横打白玉乔的镜像翻版。我们不能搞双重标准,如果我们觉得白秀英过分,那当时雷横打人肯定也过分。

当初在勾栏里,雷横没动手之前,白秀英肯定是想息事宁人的。现在呢,白秀英动手之前,雷横也想息事宁人。他知道对方的势力,已经认怂了,从头到尾不说话。但是糊涂老太太没这个概念,就觉得儿子可怜,要替他出头。她就没想到这样一来,更是把儿子逼到绝路上。

雷横看见母亲被打,当然不可能袖手旁观。他"扯起枷来,望着白秀英脑盖上打将下来。那一枷梢打个正着"。

白秀英给打死了。这一下后果很严重,雷横面临着死刑。

雷横和白秀英的脾气都不好,这是事实。但是归根结底,他们俩也都是被爹妈给坑了。白玉乔少说两句,白秀英就不会死;雷横的母亲少说两句,雷横也不会面临死刑。如果他们俩能上网的话,多半也会加入"父母皆祸害"豆瓣小组。

四

不过雷横没有死,朱仝把他给救了。

就像鲁智深一样,朱仝是《水浒传》中少有的光明之人,温和善良,宅心仁厚。凡是跟朱仝接触过的人,没有不喜欢他的。他身上始终散发着强大的人格魅力。这种魅力跟宋江还不一样。宋江的人格魅力是领袖型的,而朱仝的魅力则舒缓自然,霁月光风。

朱仝作为一个自然人,我们对他的评价很高,但如果从一个公务员的角度看朱仝,评价可能就没那么高了。

朱仝身为郓城县都头,所作所为严重渎职。他习惯性地做人情,私下里放走犯人。一会儿是"私放晁天王",一会儿是"义释宋公明",一会儿又是"出脱插翅虎",简直像是给官府定做的一把大漏勺。

他这么干倒不是为了钱。雷横是个"吃拿卡要"的污吏,可是朱仝倒不贪财，从不敲诈勒索，廉洁这方面还是合格的。但是朱仝喜欢做人情，喜欢取悦别人。雷横忙着捞钱的时候，朱仝就忙着做人情。而且他做的时候，还一定要做得十足加料，让别人感激自己。

就像他私放晁盖的时候，换上别人，可能躲在一边儿，装没看见就算了。朱仝不。他一定要穷追不舍地赶上去，表白一番："保正，你兀自不见我好处！……你见我闪开条路让你过去？"

他放走宋江的时候也是如此。当时宋江藏在地窖里，他要是单纯地想放水的话，在宋江家假模假式地搜一番，说搜不着，走了也就是了。朱仝却一定要把宋江从地窖里叫出来，卖个大大的人情，同时还忘不了轻轻地踩雷横一脚："我只怕雷横执着，不会周全人，倘或见了兄长，没个做圆活处，因此小弟赚他在庄前，一径自来和兄长说话。"

朱仝这么卖好，好像有点太刻意。但这就是朱仝的性格。你要说他做人情是图什么，他好像也不图什么，并没有指望人家如何报答自己。他就是本能地想让别人高兴，让别人感谢自己，从中他能得到巨大的满足。

这种人在现实生活中也是有的：热心，爱帮忙，人缘好，喜欢取悦别人。你感激地看他一眼，比给他两万块钱还高兴。但是朱仝有一个独特之处，那就是他帮助别人，能达到无私的境地，必要的时候可以牺牲自己。这就绝不是泛泛的善良了。

朱仝心中的确有一种真实的光明。

雷横打死白秀英以后，眼看要被判处死刑。雷横的母亲这才知道大事不好，跑来求朱仝："哥哥救得孩儿，却是重生父母！若孩儿有些好歹，老身性命也便休了！"

朱仝回答说："小人专记在心。老娘不必挂念。"

可朱仝能有什么办法呢？老太太走了以后，他想了一整天，也没想出什么出路，最后他决定牺牲自己。

他把雷横放了。这次放不像前两次，人还没抓到，可以神不知鬼不觉地偷偷放走。现在朱仝明目张胆地把犯人放了，肯定是要吃官司的。雷横也觉得心内不安："小弟走了自不妨，必须要连累了哥哥。"

朱仝回答说："解到州里，必是要你偿命。我放了你，我须不该死罪。你顾前程万里自去。"

我们当然可以说这是目无法度，有亏职守，但是人终究是人。站在朋友的角度看，这确实是有情有义，舍己为人。在整本《水浒传》里，这可能是最动人的一段话了。

然而雷横竟然亏负了他。

五

下一段情节就是极其骇人的"劈杀小衙内"。

放走雷横以后，朱仝被发配到了沧州。沧州知府对他很好，这一方面是因为朱仝这个人确实出众，还有一方面就是知府明白他为什么被发配，所以多少有些敬重之意。这倒不奇怪，奇怪的是知府的小衙内也喜欢朱仝，一见面就喜欢，就缠着他要抱。从这天开始，朱仝就带着小衙内玩耍。

小衙内是个四岁的娃娃，天真活泼，长得也很漂亮。朱仝本来就是性格偏温柔的人，对小衙内确实是发自真心的爱怜。在这方面，小孩子是很难骗的。如果朱仝不喜爱小衙内硬装着喜欢，这孩子也不会缠着他玩。

但是，在七月十五盂兰盆会那天晚上，朱仝领着孩子去看河灯，然后孩子就被杀掉了。脑袋被劈成了两半。

这件事，出计策的是吴用，主使的是宋江，动手的是李逵，打配合的是雷横。杀掉孩子的目的，就是断了朱仝的后路，逼他上山。

这个四岁的孩子如此惨死，就是因为朱仝。没有自己，孩子就不会死。那么朱仝应该如何面对这件事情？而且小衙内是知府的命根子，朱仝自己也说："这个小衙内是知府相公的性命，分付在我身上。"那他又该如何面对善待他、信任他的知府？

朱仝自己知道这孩子是谁杀的，可是知府不知道。在知府眼里，这就是朱仝串通强盗干的。他是一个囚犯，自己对他这么好，孩子又这么喜欢他，他居然杀掉了孩子！如果想逃跑，他就逃跑好了，为什么非要把孩子杀掉，而且还杀得这么惨，脑袋都劈开了？朱仝为什么要这样做？这是一个什么样的恶魔啊！自己又怎么会傻到这个地步，去相信这个恶魔呢？

朱仝无法解释这件事情,他只能背负着这个罪名活下去。

但是这就牵涉到了一个问题,那就是宋江、雷横为什么要这么干?他们为什么要把朱仝置于如此境地?

有人说这是宋江为了扩大势力,吸收人才。这个说法是不对的。如果真是这样的话,宋江他们早就会想办法逼他上山,不会非等到朱仝被判刑之后。其实宋江他们真的就是想报恩:你对我们有恩,现在为了救雷横落难了,那我们当然不能袖手旁观,一定要搭救你上山!

如果朱仝很乐意被他们搭救,那小衙内当然不会死,找个人把孩子送回家就完了。但问题是朱仝并不想上山。他说:"雷横兄弟他自犯了该死的罪,我因义气放了他,他出头不得,上山入伙。我亦为他配在这里,天可怜见,一年半载,挣扎还乡,复为良民,我却如何肯做这等的事?"

既然这样,那就只好杀掉这孩子,逼得你无路可走。这样你只能上山。

其实雷横没杀人之前,宋江也招他入伙过。他当年跟朱仝的想法一样,也不肯。既然不肯,宋江就拉倒了,也没逼他。那雷横当年自己不肯做的事,现在为什么又非逼朱仝这个恩人去做呢?当然,雷横可以解释说:"当年不肯,是我糊涂。上山以后才知道其乐无穷,所以现在才要让恩人上山一起快乐!"

但是这个解释很不可信,如果仔细思考整个事情,就会理解他们真实的心理逻辑:你如果过得好好的,我当然不会来逼你。可你现在因为我倒霉了，我当然要报恩。至于我报恩以后，你是不是真的更快乐了，我并不关心。但是报恩这个动作，我必须做！

你为了我而落难，我不管不顾，那我成什么人了？别人又会怎么看我？不行，我一定要报恩！你不愿意也不行，我按着你也要报了这个恩！

这个报恩主要不是为了朱仝好，而是为了不让别人说闲话，也为了让自己心里舒服一些。

我们可以打个比方。有些父母得了痛苦的绝症，被病痛折磨得生不如死，恨不得马上解脱。如果孩子真的为了父母好，他应该选择最没有痛苦的治疗方案，该放弃的时候就放弃。但是不行，再痛苦也得治，能多活两天就让他们多活两天！不然别人会怎么看我？就算别人不说，我心里又怎么向自己交代？至于他们本人愿意不愿意，那是他们的事。

雷横他们就是类似的想法。本质上来说，他们的报恩是表演给别人看，也是表演给自己看。至于朱仝乐意不乐意，他们并没有特别当回事。他们只是觉得，必须完成报恩这个动作。

王望如对此的评价是："朱仝爱友，并爱其友之母，不难配其身以全人；雷横负友，并负其友之主，竟至深其怨以报德！"

这话真的是没说错。

六

朱仝被报恩以后,表现得极其愤怒,知道是李逵砍死了小衙内,奋不顾身地冲上去,"恨不得一口气吞了他"。

李逵扭头就跑,他穷追不舍,一路追进柴进的庄园。等他再看到李逵,又是"心头一把无名业火,高三千丈,按纳不下,起身抢近前来,要和李逵性命相搏"。众人拼命解劝,朱仝还是不依不饶:"若有黑旋风时,我死也不上山去!"

大家实在没办法,只能把李逵留在了柴进庄园。

是不是很愤怒?但是这种愤怒经不起推敲。因为李逵说了:"晁、宋二位哥哥将令,干我屁事!"当然,这里所谓的晁、宋两位哥哥,可能有些水分。因为柴进、吴用、雷横都曾向朱仝解释过,说这是宋江的意思,而所有人都没有提到过晁盖。所以,晁盖很可能只是默许,并没有真正地参与。

但不管怎么说,李逵只是这件事的执行人,幕后的策划者另有其人,宋江至少是其中之一。

那朱仝为什么只跟李逵斗个你死我活,就是不提宋江呢?

原因也很简单:他不敢。

他现在已经没有退路了,只能去梁山入伙。既然如此,他怎么能跟宋江翻脸呢?"有宋公明时,我死也不上山去!"那好,既然这样,你留下来等着砍头吧!

说到底,朱仝以后就要在宋江手下讨生活。即便在最愤怒的时刻，朱仝在内心深处的某个角落里，也清醒地意识到了这一点。他只能把所有的怒火，朝向李逵发泄。他本能地知道，这是安全的。

雷横他们的报恩，固然是表演给别人看，也表演给自己看的。那朱仝的怒火，又何尝不是？他也是在表演给别人看，表演给自己看：是的，我为那个孩子而愤怒，我为那个孩子的父亲而愤怒，我为了那些喜爱我、信任我，却因我而死的人愤怒。我不是无情之人，我不是忘恩之人。我愤怒得不惜豁出性命和李逵搏斗。

实际上，他害怕了。他给了自己一个台阶下，让自己在愤怒之后，依然能够找到一条出路。

这么说，并不是要指责朱仝。朱仝是个善良的人，是梁山的人性之光。但是他也会怯懦，也会退缩，也会自我欺骗。这个世界上大部分人都会这样。面对一个太过强大的力量时，大家都会压住自己的怒火，假装我们气愤的是别的东西，假装我们这种选择性的愤怒是勇敢的标志，而不是懦弱的标志。

这是人类的本能。

朱仝去了梁山，相当受器重。英雄排座次的时候，他的位置很高，排到第十二位，名为"天满星"。相比之下，雷横只是第二十五位，星座名也不够好，叫"天退星"。从这个名字就能看出来，作者也不怎么满意雷横这个人。

设计结局的时候也是这样，施耐庵让雷横在征方腊的时候被敌人砍死，但是却让朱仝活了下来。朱仝后来官运亨通，一直做到了太平军节度使，算是非常美满的结局。

但不知道他后来有没有再见过那位沧州知府？朱仝是会像躲避瘟疫一样躲着他，还是会上门请罪？

朱仝是不是会回想起那个坐在自己肩头看河灯的孩子？

也可能会慢慢忘掉吧。

不然的话，生活又怎么过下去呢？

天暗星

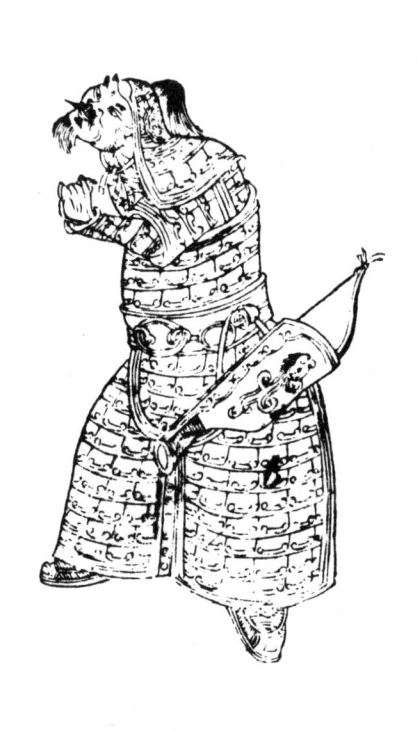

青面兽杨志

杨志：人生的路啊，为什么越走越窄？

一

在《水浒传》里，杨志是个出名的倒霉蛋。

运花石纲碰见风浪，船翻了。

走后门碰见高俅，被赶出去了。

卖刀碰见牛二，杀人了。

运生辰纲碰见晁盖，被抢了。

杨志倒霉跟别人还不一样，林冲、武松他们倒霉，背后都有个坏蛋。可是在杨志背后，好像也没什么坏蛋。他就是一件倒霉事连着一件倒霉事，干什么什么砸锅，最后只能落草。

一定要说有个坏蛋，可能就是高俅。杨志到汴京谋求官职，最后到了高俅这一关，人家把他赶出来了。在杨志眼里，高俅这就是坏到家了。

但真的是这样吗？

这就得看看事情的前因后果。

杨志原来是殿司制使。所谓殿司制使，就是说隶属中央殿前司，然后被派到地方上做事。身份说高不高，说低不低，算是个中级武官。杨志承担的具体工作，是押运花石纲。宋徽宗喜欢从各地搜集奇花异草，怪石珍玩，这些东西就被称为"花石纲"。杨志负责把一船"花石纲"从太湖运到汴梁。

结果杨志把花石纲给运丢了。

用他自己的话说，这是"不想洒家时乖运蹇，押着那花石纲来到黄河里，遭风打翻了船，失陷了花石纲"。好像遭遇了不可抗力，没办法。但到底是不是这样呢？从杨志后来的情况看，我觉得很值得怀疑。

不管怎么说，按照当时的制度，东西运丢了要赔。可抗力也好，不可抗力也好，都要赔。这听上去好像有点不讲理，但其实也是没办法的事情。古代通信不便，技术水平低下，一旦出事，很难核查真相。如果说碰到不可抗力就不用赔，那押运的官军走到半路上，把东西一分，把船凿沉，说碰到了滔天巨浪，无法抗拒，所以船翻了，怎么办？朝廷很难搞清楚他们说的是实话还是瞎话。这样一来，你也不可抗力，我也不可抗力，朝廷那点物资还能剩下什么？

所以，索性不管这些，谁弄丢了谁赔。也正因为这个原因，古代漕运的时候，往往都要额外多收一点，做路上"漂没"的储备。但像杨志这种，整条船都翻了，那怎么储备都不够，只能认倒霉。按照法律规定，杨志必须赔偿，赔偿不出就要坐牢。

花石纲太贵了，杨志赔不起，所以选择了逃跑。

跑了还是划算的，逃跑并不是说当一辈子通缉犯。因为宋代有大赦的制度，碰到重大喜事，皇帝往往会大赦天下，很多罪行都不追究了。当然，特别严重的罪不行。比如武松血溅鸳鸯楼，连杀十五人，那就属于"遇赦不宥"。但像杨志这种罪过，就可以一笔勾销。所以杨志逃亡了一阵，碰上大赦天下，没事了。钱也不用赔了。

杨志手里其实还有点钱，整整"一担子金银"。他就扛着这一担子金银，到汴京上下打点，好官复原职。

站在杨志的角度看来，出事了就逃跑，等大赦了再回来买官，这是很聪明的选择。可如果站在朝廷领导的角度看，就会觉得杨志这么干挺恶心人的。

高俅就觉得杨志恶心人。

杨志把一担子金银都花光了，才弄到了官复原职的文书，结果文书送到了高俅这儿，高俅却大发雷霆："既是你等十个制使去运花石纲，九个回到京师交纳了，偏你这厮把花石纲失陷了！又不来首告，倒又在逃，许多时捉拿不着！今日再要勾当，虽经赦宥所犯罪名，难以委用！"

把公文给驳了。

杨志气得在客店里大骂高俅："高太尉！你忒毒害，恁地刻薄！"不光杨志生气，读者也觉得高俅可恶。电视剧里特地把这一段拍得凄凄惨惨，好像高俅如何恶劣，杨志如何可怜。金圣叹甚至还点评说："高俅妒贤嫉能也！"

这就有点胡说八道了。高太尉要嫉妒也是嫉妒宿太尉，怎么会嫉妒杨志这样一个押运官？嫉妒他什么？嫉妒他朴刀耍得好？你什么时候见过一个司令员看见连长枪法准，就嫉贤妒能，疯狂迫害的？

高俅说得其实没错。别人运东西都不出事，就你出事！出了事也不报告，拔腿就跑。等风头过了，把本来应该用于赔偿的钱，拿来买官！让你官复原职，其他军官会怎么想？那些出了事以后，老老实实赔偿的人又会怎么想？要是开了这个例子，以后朝廷的工作还怎么开展？

在《水浒传》里，高俅确实是个王八蛋，但具体到杨志这件事儿上，他的处理是公正的，并没有迫害谁。

二

但是这样一来，杨志受的打击就很大。

杨志很想当官，对自己的期望值也很高，这跟他的出身有很大关系。杨志是名门之后，对此他也非常自豪。当初王伦问他："你是谁啊？"他并没有简简单单地说，"杨志"，而是说得很复杂，"洒家是三代将门之后，五侯杨令公之孙，姓杨，名志。"跟人一见面，先确定自己作为孙子的身份。

这种家世对杨志确实是一种激励。杨志曾经描述过自己的理想:"洒家清白姓字,不肯将父母遗体来点污了,指望把一身本事,边庭上一枪一刀,博个封妻荫子,也与祖宗争口气!"

在《水浒传》里,"封妻荫子"是个老掉牙的套话了。但是杨志的特别之处,在于着重提到了"在边庭上一枪一刀"。他这个念头其实是对的。按照杨志的性格,确实也更适合在边疆作战,不适合在内地当官儿。但话是这么说,杨志并没有像鲁智深那样,到边疆投军,一点一点做到提辖的位置,他还是选择了在中央当官。就算后来被高俅赶出来了,杨志也没有投军边庭的念头。

这个原因也很简单:他想做官嘛,当然舍不得从基层一点一点往上爬。

当然,想做官也是有上进心的表现,但问题是杨志并不适合混官场。从他在东京的经历,就能看出一点苗头。

杨志在汴梁做过好多年的武官,王伦当年赶考的时候,就听说过杨志。可是杨志这么多年下来,在汴梁居然没什么朋友,连点盘缠钱都凑不出来,只能去卖祖传的宝刀。这也太不会混了!但凡他在东京有一个说得过去的同事,也不至于连这点钱都借不到。

其实杨志一直到后来也没什么朋友,《水浒传》里就没谁跟他走得近。按理说,他跟鲁智深应该是好朋友。他们两人一起联手杀死邓龙,夺了二龙山,算是鲜血凝结成的友谊。可是梁山聚义以后,就看见鲁智深跟武松凑在一起喊喊喳喳,跟杨志完全没有互动。这只能说是杨志的性格问题，太孤僻了，跟谁都不愿意交流。

没朋友就借不到钱，借不到钱就只能卖刀。谁知道卖刀的时候，莫名其妙冒出来一个泼皮牛二。

其实按理说，这也不叫事儿。杨志武功极高，在《水浒传》里算是顶级人物，一伸手就把牛二"推了一跤"，收拾他实在是易如反掌。可是杨志的表现却出人意外地尿。牛二问他什么，他就老老实实回答什么。牛二让他表演剁铜钱，他就表演剁铜钱；牛二让他表演吹头发，他就表演吹头发。

这种人一看就是流氓泼皮，你搭理他那么多干什么？如果换上武松，肯定直接把牛二按地上打服了；换上林冲，肯定一脚踢翻牛二，自顾扬长而去；换上李逵……换上李逵，牛二根本就不会凑过去。

可是杨志却选择了最糟糕的一种处理方式。他跟牛二有问有答，说得非常热闹，最后牛二硬要这把刀，还说："你好男子，剁我一刀！"杨志把牛二推了一跤，牛二冲上来打他，杨志忽然发作，上去就往牛二脖子上戳了一刀，这还不过瘾，又赶上去，在牛二胸脯上连搠了两刀。

死尸倒地。

杨志这么做，简直有点坑人。一开始表现得这么尿，对方满嘴脏话，一嘴一个"你的鸟刀"，他还老老实实回话，让牛二觉得他好欺负。但是忽然之间，他就能翻脸，拿着刀就敢搠死人。

牛二肯定死得很意外，有中了圈套的感觉。

三

杨志的性格明显有点病态。

他自我压抑得很厉害，而且这种自我压抑和林冲还不一样。林冲也很内敛，但他那种内敛是退缩型的。打个不太恭敬的比方，有点像乌龟，缩在自己的舒适区域里不愿意出来。但只要待在这个舒适区里，林冲的心态就是舒展的。对周围的世界，他抱有一份善意；对牛二这种流氓，他也能轻而易举地打发掉，不会往心里去。

可是杨志没有这样的心理舒适区。他缺乏安全感，举动不够自信，但在内心深处又藏着一股子愤懑，这样一来，动作就容易变形。所以面对牛二的时候，他才会先是莫名其妙地忍让，然后又莫名其妙地爆发。在现实生活中，我们要是碰到杨志这样的人，一定要保持适当的距离。

这种人太危险了。

那么杨志杀了牛二之后，又是怎么做的呢？

他没跑，投案了。投案前还对看热闹的老百姓发表了一通豪迈的演说："洒家杀死这个泼皮，怎肯连累你们？泼皮既已死了，你们都来同洒家去官府里出首！"表现得像个英雄好汉。

这件事也有点怪。杨志丢失花石纲之后，选择了逃跑。后来他又丢失了生辰纲，也是选择了逃跑。那么为什么独独杀人之后，他选择了投案呢？

当然，我们可以说这是情节需要。但是任何成功的文艺作品，对情节的安排都要符合人物的性格逻辑。那么杨志投案背后的逻辑又是什么呢？有人对此做过非常复杂的解释，说杨志仔细判断过利弊得失，才做出这样的决定。但这种解释很难成立。杀人这件事发生得很突然，是投案，还是逃跑，瞬间就要做出决断，杨志也没有时间去仔细权衡利弊。

他这么做，其实有个很简单的理由，那就是他不觉得杀牛二是错的。

丢失花石纲也好，丢失生辰纲也好，不管杨志怎么嘴硬，在内心深处，他也知道这是自己工作没做好。按照杨志那种畸形的自尊心，他无法面对这个事实，所以选择了逃避。但是杀牛二这件事，在他看来是为民除害，没有什么不敢面对的。

也就是说，杨志最害怕的不是坐牢，不是赔偿，甚至也不是断送前程。他最害怕的是面对自己的失败。

在我看来，这是一个最简单，也最合理的解释。

但这么一来，杨志的人生就跌入了谷底。官府也讨厌牛二，对杨志格外手下留情。但再怎么手下留情，杀人也是杀人。杨志被打了二十脊杖，脸上也刺了字，然后发配到大名府。那把宝刀也被没收了，最后不知落到了哪个高官手里。

前任殿司制使成了一个现任劳改犯，杨志心中的郁闷可想而知。不过,事情很快又柳暗花明起来。杨志的运气非常好,他在大名府碰上了梁中书。

在《水浒传》里,梁中书不能算是一个很坏的官员。至少,他有个很大的优点,那就是爱才。在他领导下,大名府有好几个骁勇善战的将领。索超、李成、闻达都非常厉害。杨志发配到大名府以后,也被梁中书挖掘出来,一下子被提拔成了管军提辖使。

这下,杨志算是咸鱼翻身了。

四

没过多久,梁中书给他安排了一个工作:押运生辰纲。

上次杨志押运花石纲就失陷了,梁中书也知道这件事。那这次怎么还敢让他押运生辰纲呢?想来想去只有一个可能,那就是梁中书相信了杨志的表白:"洒家时乖运蹇,遭风打了船。"不是杨志无能,是外界存在不可抗力。

太老实了,梁中书还是太老实了。

讲到这儿,顺便说一下生辰纲的问题。生辰纲是梁中书给岳父蔡京送的一份寿礼,价值十万贯,那十万贯是什么概念呢?按照传统说法,一贯就是一两银子,十万贯就是十万两银子。但这个说法明显是不对的,因为在《水浒传》里,一两银子的购买力比一贯钱明显要大得多。

吴用请客的时候,一两银子就可以买一瓮酒、二十斤牛肉、一对大鸡。武松给了郓哥五两银子,就够郓哥父亲活上三五个月的。王婆帮西门庆勾引潘金莲,西门庆许给她的则是十两银子。这说明银子很值钱。可是"贯"就不行了。黄泥冈上,一桶酒卖五贯钱。后来柴进到汴梁吃饭,给小费给了十几贯。林冲一个中层武官,买把宝刀就花了一千贯。这说明贯的购买力是偏低的。

从《水浒传》的各种细节推断,一两银子至少值一二十贯钱。这样的话,生辰纲大约是几千两银子,最多不超过一万两。这个数字当然还是不小,但也算不上特别骇人的一笔财富。

但是路上还是有人惦记这笔钱。去年生辰纲半路上被抢了,现在也没破案。那么今年怎么运呢?梁中书是个官僚,没有江湖经验。按他的想法,应该派十辆车,每辆车上插一面黄旗,上写"献贺太师生辰纲",由二十个士兵押着走。

这个主意被杨志当场否决了。

杨志丢官之后,好歹在江湖上混过几年,多少有些经验。他给梁中书描绘了一个可怕的前景:一路上"经过的是紫金山、二龙山、桃花山、伞盖山、黄泥冈、白沙坞、野云渡、赤松林,这几处都是强人出没的去处"。这样插着旗招摇过市,人家怎么会不来抢劫呢?

杨志提出了一个替代方案:不要车子,更不要黄旗,就找十来个士兵,每人挑一个担子,打扮成客商的模样,悄悄往汴梁去。

梁中书这个人有个好处,就是并不刚愎自用,听得进去话。他知道自己不懂江湖那一套,既然杨志这么说,那肯定有他的道理,所以梁中书全盘采纳。从这点看,梁中书算是个挺好的上级。

但是梁中书还派了三个人跟着杨志,两个虞候,一个老都管。虞候的职责就是处理杂务,跟着走是正常的,但为什么还要派个老管家去呢?

梁中书是这么解释的:夫人自己还有一担子礼物要送给内眷,老都管到时候负责联系内眷。梁中书说的是真话吗?很多人都认为不是。梁中书这是不放心,怕杨志卷款而逃,所以派老都管去监督他!

这么想真有点冤枉梁中书了,因为一路上老都管并没有监督杨志的意思。最后出事了,梁中书也没有指责老都管疏于监督。而且,梁中书明确交代了,大家都要听杨志的,并没有说,"有问题,找都管"。所以,梁中书说的多半就是实话。他对杨志是信任的。老都管跟着,也真就是到汴梁办事去的。

话是这么说,杨志心里头还是有点别扭。不过既然梁中书非要这么安排,那就这样吧。杨志就去收拾行李了。他们几个领导都拿了朴刀,而且还带了几根藤条。朴刀好理解,防身用的,那藤条又是干什么用的?

用来打人的。

杨志一开始就憋着劲要狠狠地打人。

这跟他的行动方案有关。梁中书打算用十来辆车子推着走,杨志不同意,改成十一个军汉挑着走。每人要挑一百多斤的东西,太重了。而且当时是酷暑,一路挑到汴梁,人家肯定受不了。那怎么办？就用藤条打。谁不听话打谁。

那为什么不多带点军汉过去呢？这样大家都可以轻松点嘛。梁中书本来的计划也是派二十多人去，可杨志非要把编制压缩一半。他这么做，只有一个目的，那就是缩小目标。人越少，越不容易引起注意。

听上去这好像很有道理，其实杨志出的是个馊主意，白白增加大家的劳动量。人家早就知道生辰纲的事儿了，公孙胜连路线都摸得一清二楚，"只是黄泥冈大路上来"。

但是，从黄泥冈大路上来的商旅多了，怎么分辨哪个是送生辰纲的呢？

很好认。一群壮汉违背经济学常识，每人挑着一百多斤的重物，烈日之下踽踽而来，后面还有人跟着拿藤条抽，那肯定就是嘛。

你见过哪个客商拿藤条狠抽挑夫的？

所以公孙胜他们很有把握。

——杨志带的人虽然少了，实际效果却使目标更加醒目了。

五

在押运生辰纲的过程中，杨志的表现可以说情商为零。

他对手下就一个字：狠。"轻则痛骂，重则藤条便打"。军汉们一肚子怨气，找老都管哭诉："我们不幸做了军健！……这般火似热的天气,又挑着重担;这两日又不拣早凉行,动不动老大藤条打来;都是一般父母皮肉,我们直恁地苦!"

这抱怨得也合情合理,换上谁也都有怨气。不过老都管也没办法,只能给军汉们画大饼:"你们不要怨怅,巴到东京时,我自赏你。"

金圣叹特别痛恨老都管,动不动骂他"老奴",其实老都管这话说得比杨志有水平多了。军汉们听了以后,心里头确实舒服了一些:"似都管看待我们时,并不敢怨怅。"

这并不是老都管收买人心,要跟杨志抢夺领导权,而是出于人情世故的本能。人家累死累活的,还挨骂挨打,总要给人家说两句好话,画个大饼吧?

梁中书还给杨志画大饼呢:"我写书呈,重重保你,受道诰命回来。"这是领导的管理常识。梁中书有这常识,老都管有这常识,可杨志偏偏没有。生辰纲送到地方了,你有诰命,人家军汉能得到什么?杨志提都不提,就是一味地"不快点走,我打死你!"。

这样的领导得有多可恨。

一个团队里,比较能干的一把手会"恩威并施",既让你畏惧,又让你感激。如果做不到,那就得需要和二把手做个分工。一个唱红脸,一个唱白脸。这个打你一巴掌,那个就得赶紧过来给你揉揉。这样团队才不至于散架子。

杨志要是聪明的话,就要提前跟老都管、虞候做好沟通:"我打他们，你哄他们。但哄归哄，事情还是要按我说的去做。大家团结一致，最终的目的是让队伍上下一心，把东西安全送到地方，这样大家都有好处。"

可是杨志别说沟通了，他是见谁骂谁。两个虞候刚提了一点意见，杨志张嘴就骂："你这般说话，却似放屁！"两个虞候没敢顶嘴，心里暗自寻思："这厮不直得便骂人！"读到这儿，《水浒传》的几个点评者都看不过眼了。李贽评论道：虞候说的"是"。袁无涯评论道：虞候说的"极是"。

别说当事人了，旁观者都受不了杨志的这个做派。

杨志为什么如此激烈蛮横呢？说到底，还是太想出头了。

杨志骨子里就是个官迷。太痴迷了，就容易失态。他一心一意要把生辰纲安全送到汴梁，打一个翻身仗。谁阻碍他，谁在他心里就是个害虫。这就像一个发财心过盛的老板，看见员工出去撒个尿都生气，"王八蛋！上班时间撒尿！"杨志看见别人稍有别扭，就不由自主地生气，就想拿藤条招呼人家。

所以杨志很快就成了孤家寡人，上上下下，无人不恨。这样一来，这支生辰纲团队就变得很危险了。袁无涯在点评里就说："厢军语语近情，杨志处处使性，即不外劫，亦有内变！"

回过头来看，当年杨志失陷花石纲，真是因为外部不可抗力吗？我觉得很可疑。河中行船，是个技术性很强的活儿，需要团队配合，像杨志这种管理水平，闹出意外来，真是一点都不奇怪。其他九条船都没事，就他出事了，这个恐怕并不是运气差，更多的还是能力问题。

六

平心而论,老都管一路上的表现还是不错的。

他对杨志也不满意,但还是帮着杨志说话,安抚别人。军汉来诉苦,他给人家画大饼;虞候过来抱怨,他劝虞候"且耐他一耐"。总的来说,他还是起到了团队润滑剂的作用。

但是在黄泥冈上,团队的矛盾还是爆发了。

爆发的主要原因,还是大家的体力确实到了生理极限。当时天气极端酷热,一轮红日当天,没半点云彩。作者专门写诗描述道:"祝融南来鞭火龙,火旗焰焰烧天红。日轮当午凝不去,万国如在红炉中。"热成这个样子,杨志还逼着大家在中午赶路。

他这么做当然有自己的理由,中午强盗少嘛。但他只考虑到这一点,却没考虑到人的承受力。人毕竟不是机器,所以到了最后,团队就崩溃掉了。众军汉看见树荫就直扑过去,躺在地上不起来:"你便剁做我七八段,其实去不得了!"

这个时候,杨志真的应该反思一下。为了避人耳目,这么在中午烈日下赶路,值得吗?如果真有几个军汉中暑了,那整个团队不就彻底瘫痪,要困死在黄泥冈上了吗?可是杨志根本没有反思,还是打,还是骂。

这个时候,老都管和虞候从后面呼哧带喘地赶过来了。没挑担子的人都走不动道了,你想想那些军汉得疲惫到什么程度。这个时候,老都管第一次开口劝杨志了:"权且教他们众人歇一歇,略过日中行,如何?"

老都管一路都没说什么,这是第一次劝,还是带着商量的口气,可杨志直接怼回去了,话说得很难听:"你也没分晓了!如何使得?"

转头就拿藤条去打军汉:"一个不走的,吃俺二十棍!"

结果军汉们爆发了。他们一起叫起来:"提辖,我们挑着百十斤担子,须不比你空手走的。你端的不把人当人!"以前众军汉挨打,只是"喃喃讷讷"地嘟囔两句。这次却"一齐叫将起来",这就有点哗变的意思了。事到如今,杨志已经很难收场。

这个时候,老都管碰巧也爆发了。

老都管开始叨叨叨地说,话很难听。什么你不过是草芥子大小的官职,就这么逞能!什么哪怕我是一个乡下老头子,你也该听我说两句!滔滔不绝地说了一大堆,一看就是憋得太久,忍耐不住了。

很多读者看到这儿,都觉得老都管倚老卖老,仗势欺人,非常可恶。其实,杨志听到这些话,心里可能倒松了一口气。老都管说这些话,当然是在发脾气,但客观上看,倒真是给杨志解了围。不然的话,面对集体抗命的军汉,杨志怎么收场?难道还真把人家给打死?

老都管发完这通飙,杨志和军汉的矛盾,就变成了杨志和老都管的矛盾。这就给了杨志一个台阶下，不至于直接向手下的军汉低头。否则的话，以后队伍更没法带了。至于老都管会不会变成未来的反对派领袖，那就是以后的事儿了。

七

就在杨志他们吵翻天的时候，晁盖他们化装成贩枣子的客人，在黄泥冈上出现了。"智取生辰纲"正式开场。

吴用设计了一个叠床架屋、非常复杂的计谋，但是这个计谋也只对杨志好使。比如要换上武松的话，他一定能看出破绽。最明显的一件事，像吴用那样的白面教书匠，能像走南闯北、风吹日晒的客商吗？

杨志愣没看出来。说到底，还是没经验。

他在江湖上流落过几年，但并没有深入底层，所以他的经验是行路人的经验，而不是江湖好汉的经验。杨志只知道江湖可怕呀！到处是强盗土匪啊！但是强盗土匪到底怎么行事，他并不清楚。别看他能把梁中书唬得一愣一愣，真要到了十字坡，马上就被孙二娘变成包子馅。

《水浒传》把"智取生辰纲"这段写得很花哨。晁盖他们先喝了一桶，然后在第二桶喝了一瓢，然后又趁机把蒙汗药下在第二桶里，等等。但是这里有一个最简单的问题：那些军汉为什么非要喝酒？

并非因为他们都是酒鬼，而是因为"冈子上端的没处讨水吃"，他们渴。连杨志都渴得受不了，最后也喝了半瓢。

他们没带水，最主要的原因就是杨志把大家使唤得太厉害了。天这么热，水的消耗量肯定很大。大家挑着一百多斤的担子，实在无力再带多少水了，结果大家在黄泥冈上，就渴在一起了。杨志作为一个领导，只顾拼命压缩编制，只顾拼命赶路，却不考虑他们的生理极限，不考虑他们中暑了怎么办，也不考虑他们路上没水怎么办，就是一味地打，一味地骂。这样的管理水平，当然会出问题。

我说了杨志这么多缺点，大家可能会说：不管怎么说，至少他的警惕性还是高的！但就算在这个问题上，杨志也暴露出了低水平。

他一路上不停地说："危险！危险！"结果就像狼来了的故事，喊得多了反而没人信。

在黄泥冈上，两个虞候就说："我见你说好几遍了，只管把这话来惊吓人！"李贽批注道："若是以前不说，不是这番听你了？"

危险吗？确实危险。但这就像考前划重点一样，全是重点，就等于没有重点。到处危险，给大家的感觉就是到处都不危险。

如果换上武松带队，他有江湖经验，就会做个危险级别的判断，外松内紧，真说一句"危险"，大家都会紧张。武松也替县官送过礼物，无声无息地就完成了，哪像杨志这样，一路咋咋呼呼,最后领着大家集体喝了蒙汗药。

八

如果复盘生辰纲这件事的话,杨志至少要负九成的责任。

如果他多带些军汉,减少每个人的承重量,他们很可能就不会困在黄泥冈。

如果他和老都管处理好关系,一个唱红脸,一个唱白脸,把众军汉哄好,很可能也不会被困在黄泥冈。

如果他没有风声鹤唳,上演狼来了的故事,很可能也不会被困在黄泥冈。

退一步讲,如果他准备好了足够的水,就算他们被困在黄泥冈,很可能也不会喝下蒙汗药。

但是杨志在每个环节都犯了错误。

众军汉差点哗变,两个虞候出言顶撞,老都管最后发飙,这些事儿归根结底都是杨志自找的。作为一个领导,他没有说服大家的能力,就是一味地压制。对军汉是打,对虞候是骂,对老都管是怼。所有人都忍了他很久,最后在黄泥冈矛盾集中爆发。

他不该为此承担责任吗?

杨志觉得不该。

我们在日常生活里,往往能碰到一种人,办什么事儿,什么事儿砸锅。但他没有一点责任,什么错都是别人的,反正所有人都对不起他。杨志就属于这种人。

他失陷花石纲，是"时乖运蹇"，不可抗力，他没有过错。

他逃跑以后，谋求官复原职不成，是高俅"忒狠毒"，他没有过错。

他卖刀杀人，是牛二蛮横无理，自寻死路，他没有过错。

他丢失生辰纲，是老都管放刁，众军汉怠懒，"不听我言语"，他还是没有过错。

他这么一个毫无过错的人，为什么会步步踏空，走投无路？那当然是因为老天无眼、社会不公、奸人迫害。反正不是他的问题。

其实我们仔细看看杨志的经历，真的没有谁迫害他。他所有的坎坷，可以说都是他自己造成的。《水浒传》确实描写了一个黑暗的社会，林冲是被高俅逼上梁山的，武松是被张都监他们逼上梁山的，就连宋江也可以说是被蔡九知府、黄文炳逼上梁山的。可是谁也没有逼杨志上梁山。他是被自己逼上梁山的。

杨志就是这么一个人。

·全书完·

押沙龙，生于1976年，毕业于浙江大学，现自由写作者，已出版《出轨的王朝》《写给上班族的世界史》和《奥威尔传》等。

关注"押沙龙"微信公众号，
在文学中体察世界与人心

读水浒

产品经理｜施　萍　　　装帧设计｜林　林
技术编辑｜朱君君　　　责任印制｜陈　金
产品监制｜贺彦军　　　出品人｜吴　畏

图书在版编目（CIP）数据

读水浒 / 押沙龙著. – 西安：三秦出版社，2022.1（2022.1重印）
ISBN 978-7-5518-2504-7

Ⅰ.①读… Ⅱ.①押… Ⅲ.①《水浒》研究－文集 Ⅳ.①I207.412-53

中国版本图书馆CIP数据核字（2021）第232168号

读水浒

押沙龙 著

出版发行	陕西新华出版传媒集团 三秦出版社
社　　址	西安市雁塔区曲江新区登高路1388号
电　　话	(029) 81205236
邮政编码	710061
印　　刷	嘉业印刷（天津）有限公司
开　　本	880mm×1230mm 1/32
印　　张	8.25
字　　数	170千字
版　　次	2022年1月第1版 2022年1月第3次印刷
印　　数	40 001—60 000
标准书号	ISBN 978-7-5518-2504-7
定　　价	49.80元
网　　址	http://www.sqcbs.cn

如发现印装质量问题，影响阅读，请联系021-64386496调换。